"十四五"时期国家重点出版物出版专项规划项目

致青春
成长书系
ZHI QINGCHUN
CHENGZHANG
SHUXI

蔷薇花的夏天

QIANGWEI HUA DE
XIATIAN

何南 著

云南出版集团 晨光出版社

　　她一袭长裙，发型虽仍为"清汤挂面"，但显然重新打理过，显得身材愈加高挑，满面春风，身上散发着淡淡的蔷薇花香。

　　在蔷薇花静静流溢的香气中，在亲切友好的氛围里，江泓用自己的专业知识，满怀爱心地向豆秀秀施予了一次"心灵按摩"。

就在这样的绚烂氛围里，听罢夏梓柠的讲述，豆秀秀却哭起来了。虽然她用双手紧紧捂住嘴，但哭声终究不安分，还是从细细的手指缝里钻了出来。

　　刚走到村口，就看到秀秀奶奶在风中等她们。奶奶稀疏的白发在风中微微飘扬，让她更加慈祥。

　　她恍然大悟，抱着小孩子的就是妈妈，那个小孩子自然就是她！而那段爬满蔷薇花的残墙，不正是她和妈妈灵魂相连的地方吗？她更理解妈妈为什么喜欢蔷薇花了。

目录 ①

目录 ②

楔子　平地起波澜

1

夏梓柠是郝老师提问的"重灾区"，初二（1）班的同学们都这样戏谑她。

"重灾区？"夏梓柠对小伙伴们的这一奇葩论调嗤之以鼻。常被提问"惦记"，难道不是"开发区"或"特区"吗？

夏梓柠从没想过这样的问题：她为什么会成为郝婧容老师的"开发区"或"特区"？是因为成绩优异还是另有原因？但她一向有这样一个"朴素"的念头：就像明星渴望拥有海量崇拜者一样，不论这些崇拜者目光背后藏着的是酷暑还是寒冬，总比无人问津强吧？被提问到，等于老师把镁光灯聚焦的舞台交给她了，接下来便是"夏梓柠时间"，而此时，全体同学都是她的观众，老师也暂时退到舞台边缘，充当背景。

正因如此，夏梓柠才特别期待上郝老师的语文课，更渴望被提问。事实上也是，她完全当得起这种"集万千宠爱于一身"的待遇，每次都回答得流畅且圆满。她对郝老师提问的"套路"早已了然于胸，即便郝老师剑出偏锋，问些疑难问题，她也自信不会"卡壳"。

尽管如此,她依然从卫生间匆匆返回教室,温习可能要提问的内容。她不允许自己出状况,不允许自己在老师、同学面前积攒起来的良好形象崩塌。

这节课要学习课文《壶口瀑布》。语文课代表把黑板上方的多媒体幕布缓缓降下,从自动化教学终端调出PPT(演示文稿),投影在上面。

这篇课文夏梓柠已预习过,并已在课本上把这几句话用红笔标了出来:"河水从五百米宽的河道上排排涌来,其势如千军万马,互相挤着、撞着,推推搡搡,前呼后拥,撞向石壁,排排黄浪霎时碎成堆堆白雪。山是清冷的灰,天是寂寂的蓝,宇宙间仿佛只有这水的存在。""黄河博大宽厚,柔中有刚;挟而不服,压而不弯;不平则呼,遇强则抗;死地必生,勇往直前。"她知道,这篇课文的作者是位大作家,古诗词功底深厚,这让平时酷爱古诗词的她极为崇拜。因此,无论是壶口瀑布这个著名景点,还是这篇课文大名鼎鼎的作者,抑或是文中优美的句子,她都喜欢。但她更喜欢听郝老师的讲解,她深信,这么壮观的景象、这么美的课文,经郝老师的生花妙口一讲,会有另一种美。

因此,她更急切地盼望郝老师出现在教室门口。

2

上课的音乐铃声已响过,同学们伸长脖颈儿,也未看到郝老师高挑的身影。同学们以诧异的目光迎回了前去打探消息的语文课代表,她气喘吁吁地宣告:"上自习!"

"为啥?"所有同学脸上瞬间写满了"十万个为什么"。

"郝老师出啥意外了?"嘀咕完,这位同学便摇头否定了自己。是啊，光天化日，朗朗乾坤，不要杞人忧天好不好？

"一切皆有可能！"声音一出，其主人立即被从四面八方投掷过来的憎恨目光击中，要不怎么说祸从口出呢！吓得他像大反派一样连连拱手，然后惭愧地低下"可耻"的头。

"长恨人心不如水，等闲平地起波澜。"夏梓柠右前方的一名男生摇头晃脑，用抑扬顿挫的语调背诵道。看来，郝老师让同学们积累古诗句的要求，大家落实得差强人意。他是在借唐代诗人刘禹锡的名句卖弄学问，还是知情者在披露秘密？在夏梓柠看来，这位一脸"哲理"的同学似乎知道些"内幕"。

对同学们抛来的问题，课代表没正面回答，她只是轻轻摇头，脸上一片迷惘。

3

夏梓柠心里涌起大大的失落感，接着便是对郝老师的担心：郝老师从不迟到，从未请过假，一直是上课前几分钟就候在教室门口，今天怎么啦？莫非真的被那谁的乌鸦嘴说中——出意外了？

夏梓柠用胳膊肘捣捣同桌豆秀秀。奇怪，豆秀秀的神经元似乎罢工了，竟毫无反应，好像这一切都与她无关。夏梓柠循着豆秀秀空洞的目光向窗外看去，远远地，学校院墙上的蔷薇花开得正热闹。夏风拂过，蔷薇的茎和花叶都在感恩般轻轻摆动。围绕着精灵般的花朵，蜂飞蝶舞。但一瞬间，被各种疑惑抓牢的夏梓柠嗅觉失灵，将流泻而入的花香完全屏蔽了。

同学们交头接耳，估计都在发挥自己的想象力，对郝老师缺课的原因大肆猜想。空调的"咝咝"声竟蓦然变得有些聒噪，不知为何，夏梓柠心里飘过一缕寒意。

——郝老师出了什么事？

——豆秀秀，她又在抽什么风？

夏梓柠又想起那位同学的话："长恨人心不如水，等闲平地起波澜。"她预感到，在她和同学们的生活中，波澜已起。

一　怀疑的阴云

1

　　夏梓柠的妈妈江泓正在做饭，锅碗瓢盆和抽油烟机合奏出的交响乐溢满整个屋子。因此，对女儿的回家，以及女儿脸上藏不住的闷闷不乐，她并未及时察觉。她转过身来，忽然看到女儿，声音里霎时拌了很多蜜糖："小蔷薇，回来啦？"

　　"别喊我蔷薇，更别带我一万个讨厌的'小'字！"

　　"哟，这是怎么啦？谁欠我女儿一分钱没还啊？"

　　在江泓的记忆中，女儿是最爱蔷薇花的。

　　刚上小学不久，有一天，女儿忽然缠着她，说："妈妈，我想叫蔷薇，不想叫柠柠了。"

　　"为什么呢？"江泓吓了一跳。女儿是受她的影响太深了，还是已经知道了什么。她只是告诉过女儿，自己喜欢蔷薇花，也喜欢背诵描写蔷薇花的古诗，并给女儿背诵南宋诗人刘克庄的诗："泡露含风匝树开，呼童净扫架边苔。湘红染就高张起，蜀锦机成乍剪来……"

　　难道女儿觉得，因为妈妈喜欢，自己也要喜欢，改名叫蔷薇就代表跟妈妈站一个战壕里了？又或者，夏天宇说话没把门的，跟女儿说了什么？

"小朋友都说，柠柠就是柠檬，太酸，难吃死了！蔷薇花又好看又香，大家都喜欢！"女儿奶声奶气的回答让胡思乱想的江泓心里的那块巨石落了地。一定是女儿听到小伙伴对柠檬无限嫌弃、对蔷薇极力赞美的话之后，想像蔷薇一样被大家喜欢才这样说的。江泓先给女儿科普了柠檬的诸多益处和奉献精神，消除她对柠檬和对自己名字的排斥，又满足了女儿的小小心愿——将"蔷薇"作为她的小名……

江泓猜想，今天女儿一定是觉得受到了冷落，才小小地报复妈妈一下，故意"颠倒黑白"地说自己不喜欢蔷薇的。

心里再憋屈，夏梓柠还是那个乖巧可人的女儿，她几乎是本能地和妈妈一起把饭菜端上餐桌。妈妈太辛苦，她实在不忍心让妈妈再劳累。

江泓抚摸着女儿的头，然后夸张地把手背贴在她的额头上，说："最多37.123456度，我宝贝闺女没发烧啊！"

夏梓柠笑了，推开妈妈的手："妈，您才发烧哩！"

餐桌上都是夏梓柠最爱吃的菜，可今天她却食之无味。夏梓柠百无聊赖地打开电视，在新闻、综艺和影视频道之间频繁调换，最后定格在一个广告节目上。

江泓知道女儿有心事，也知道她一定会憋不住向自己"倒垃圾"，因此她"稳坐钓鱼台"，就是不主动问。

又"折腾"了一会儿电视，夏梓柠终于把遥控器重重地丢在茶几上。江泓知道，有人的话匣子要打开了。她看了女儿一眼，夏梓柠便善解人意地乖乖回到餐桌边。她知道，如果再不好好吃饭，再漠视妈妈的爱心午餐，她接下来的"小阴谋"就休想得逞。

致青春·成长书系

2

听了夏梓柠的叙述和担忧，江泓陷入沉思。她的目光时而看向电视，时而越过女儿头顶，落在窗外的高树上。

"妈，您别玩深沉啊，现在正是您这个大心理咨询师表现的时候。"

"凭我的经验，你郝老师一定是出事了。"江泓边给女儿夹菜边说。

夏梓柠听见心里发出清晰的一声脆响。果然是母女连心，自己想的和妈妈说的完全一致。她不由得失声问道："难道郝老师出车祸了？"

江泓边收拾厨房，边给身边的女儿分析："应该不是。你想想，如果是车祸，学校，包括你们班，很快就能知道。而现在，大家一副讳莫如深的样子，可见即使不是车祸，也应该不是什么好事。"

"啊？"夏梓柠发出一声惊呼，手里的盘子差点儿掉在地上。如果按老妈的分析，郝老师现在的境遇岂不是比遭遇车祸还要糟？

江泓疼爱地捏捏女儿的面颊，笑道："郝老师那么好的人，那么敬业的老师，即便是坏事，又能坏到哪儿去？"

下午第一节是物理课，这周正学习浮力的知识。听学姐们兴致勃勃地说，物理老师在讲这部分时，特别喜欢用平行宇宙、虫洞、量子纠缠等神秘概念来丰富同学们的知识积累。因此，夏梓柠不敢大意，她担心自己会因为心事重重而在外太空的未知中永恒地飘荡下去，成为一粒微尘，再也回不到地球家园。

必须尽快把心事解决掉！夏梓柠耳畔，知了的鸣叫声悠长而有深意，这种久违的叫声像嘹亮的号角，催促她快快执行自己的计划。

3

于是，趁下午还没上课，夏梓柠急巴巴地找到背诵刘禹锡诗句的那位同学询问。种种迹象表明，他应该是"知情者"。

她把这位故作高深的同学叫到走廊上，为了不引起同班同学的注意，她故意走到距离教室最远的走廊一端。夏季的午后，热浪翻滚，不少同学正在空调的抚慰下趴在课桌上午睡，还有一部分同学在写作业，走廊上几乎没人。

听了夏梓柠的话，这位同学一脸迷惘，原本慵懒地靠在教室墙壁上的身子警觉地立起来，说："郝老师出事了？谁造的谣？"

"你竟然不知道？那你还说什么'人心不如水''平地起波澜'？"夏梓柠自然不肯轻信，她耐心十足地启发诱导，"你肯定知道，只是有顾虑。你放心，我绝对不会对其他人说，尤其是老班！"为了增强保证的功效，她特地把"老班"一词加重了语气。

"夏同学，我那是背宋诗，不对，是唐诗，懂不？如果我接下来背毛主席的'万里长江横渡，极目楚天舒'，你是不是要把我当成犯罪嫌疑人，向校长告发，说我要旷课，去长江游泳啊？"说完，他将两手潇洒地插入衣兜，学着江湖侠客的样子，一扭头走向教室。几步后，他又忽然回眸一笑，说："我虽然不太喜欢郝老师，但我仍然不希望她出事。如果你把这个'案子'破了，麻烦告诉我一声！"

夏梓柠愣在原地，目送着那个瘦削的背影。

一朵怀疑的阴云压下来，难道是自己神经过敏了？

致青春 · 成长书系

4

下午最后一节是道德与法治课，老师要讲"自由平等的真谛"一课。夏梓柠一向对一些人在某些国家受歧视的事情义愤填膺，为此她还写过一篇作文来表达自己的观点，受到郝老师的表扬，被当作范文在课堂上朗读，并由郝老师录入电脑，打印出来，人手一份供大家交流学习。但这节课，夏梓柠显然心不在焉。好不容易挨到老师把知识点讲完，留下十五分钟让同学们背诵时，她觉得，时机来了。

她用胳膊肘顶顶豆秀秀。要在平常，豆秀秀早已警觉，并以略带殷勤的口气问："咋啦，老夏？"但这次，秀秀似乎再次被注射了麻醉剂。

同学们背书的声音像海浪汹涌翻滚，此起彼伏。夏梓柠正好趁机放肆一下，她一把夺下豆秀秀的书，大声问："你知道郝老师出啥事了吧？"为了最大力度地震慑"敌人"，夏梓柠动了一点儿小心思，她没有用"吗"这个感叹词，"吗"会成为一个皮球，被豆秀秀迅速踢回来。她直接用的是"吧"，意思是，我已经知道了，你休想抵赖，坦白从宽，抗拒从严！

但豆秀秀没上当，她用更大的背书声给予回应。

夏梓柠正要做出下一步行动，这时上道德与法治课的老师却踱了过来，她赶快追上豆秀秀的节奏和声音，背了起来。忙里偷闲中，夏梓柠还是抓住时机，对豆秀秀说："晚饭后'读书角'见！"

"见就见，谁怕谁！"豆秀秀像吃了一大桶火药，口气火光冲天，一点儿都不像她平时的风格。

面对着"吃了熊心豹子胆"的同桌，夏梓柠心里的疑云更浓了。

5

夏梓柠所在的学校叫鹏举中学，是一所由一家世界500强企业投资创办的学校，远近闻名。之所以得享盛名，不是其生源多么牛、学生成绩如何傲人，而是其志向超群。"鹏举"是宋朝名将岳飞的字，据说学校就是想用岳武穆精忠报国的事迹来教育学生，成为栋梁之材。当然，论其有名，还有学费贵、门槛高的意思。正因如此，几乎每个鹏举的学生都会说："我是鹏举的。"那种自豪感，能从每个字、每次呼吸中溢出来。

豆秀秀是一个农村孩子，按说她家应该缴不起如此高昂的学费，可她竟然成了鹏举的一员，个中原因让夏梓柠颇感纳闷。夏梓柠明白，和豆秀秀谈论学习之外的话题须谨慎，否则极可能会伤其自尊。正因此，这个问题她一直视为禁区，从不提及。

校园的东南角有一片空地，说其"空"，是因为它未被高高低低的建筑占据，并非说它是不毛之地。空地上种有高树低草，穿插着各色花卉，即便是寒冷的冬天也因绽放的寒梅而从不寂寞单调，其余三个季节更是纷繁热闹，花开时节，总会吸引勤劳的蜜蜂和逐香的蝴蝶翩然而至。

这片空地自然成为全校师生青睐的一方宝地，前来读书、唱歌、谈天说地、放松心情、放飞梦想、抚慰忧虑的人络绎不绝，被誉为"读书角"。

但接下来的时段，这里即将成为"战场"。

6

晚饭后，夏梓柠如约而至。天上流云悠闲，花间蜂蝶繁忙，花香流溢，沁人心脾。但她无心欣赏这些，她锐利的目光在搜寻着目标。

远远地，豆秀秀来了，她走得犹犹豫豫，有意磨磨蹭蹭。夏梓柠嘴角浮起一丝颇为复杂的笑意。

趁豆秀秀立足未稳，夏梓柠如神兵天降，大声质问："郝老师没来上课，是不是你搞的鬼？"

豆秀秀羞怯地四下张望。不远处有人，但大家或忙于说笑，或醉心书香，没人留意这边早已剑拔弩张。稍作停顿，她猛一仰头，大声回答："是我，都是我！你不要再鬼鬼祟祟问别人了！"

"你……"夏梓柠没想到豆秀秀竟如此直截了当，被她冷硬的口吻噎了一下，一下子变得结结巴巴，"你这是……为……为什么呀？"

"不为啥，为了很多，有人活该，我是恶人……你随便想去吧！"豆秀秀说话简直像放连珠炮。

豆秀秀这种"大义凛然"的表现惊住了夏梓柠。她呆立在那里，一时间竟哑口无言，手足无措。

到了这个时节，夏风里已渐渐伴有凉意，整个白天积攒的燥热渐次退去。不知何时，天上的云已被夕阳镶了一层金边。若在平时，夏梓柠一定会带着欣赏的眼光追寻这美丽的云朵，惊喜万分："快看，那是一朵海豚云！""秀秀，看那儿，像不像蔷薇花？"指东指西，像景区解说员如数家珍般为游客讲解，口气里溢满欣喜。豆秀秀也似乎甩掉了诸多不快，抛开家里的所有人和所有事，和同桌一起欣赏着如画的云霞。有时，会有一架"善解人意"的飞机慢悠悠划过，机身上的金色璀璨耀眼，调皮地拖着长尾。两个人会一直目送着，直到这尾巴变粗变淡，与天空融为一体。

而此时，夏梓柠心中涌动着的只有愤怒和失望——她担心的事情果然发生了：敬爱的郝老师出事了，竟然是她最好的朋友害的。

"读书角"不远处便是学校院墙，院墙上层层叠叠爬满了蔷薇，或白或红、或粉或紫的花朵竞相绽开笑脸，一如既往地迎接着两个小姑娘。它们全然不知，今天的她们，已然没了平时的愉悦，枉费了蔷薇花暗自流泻的清香。

此时，被愤怒和失望冲昏头脑的夏梓柠，恨不得用蔷薇的刺狠狠地扎豆秀秀的手。不，善良的夏梓柠当然不会这样做，她更愿意看到郝老师和豆秀秀都好好的。

在夏梓柠心里，还有一个声音在挣扎着说："怎么可能呢？豆秀秀这么温婉的女孩儿，怎么可能做这种事？"

没有人回答夏梓柠，豆秀秀披着霞光的背影正渐渐消失在视野中。

二 风光不与四时同

1

下了晚自习，夏梓柠垂头丧气地回到家。

她的家在学校生活区，与教学区隔着一道同样爬满蔷薇的院墙。不同的是，这道墙是角钢焊制的，比学校四围的院墙低，且更人性化。从教室到家有一段花香袭人的小径，宁静悠长，平坦如砥。几乎每次，夏梓柠都是怀着愉悦的心情走完这段路的，但这次，她竟走出了漫长的感觉，长得像她的愤怒和对郝老师的担心。

妈妈正在电脑前忙活着什么，明亮的灯光下，她的背影显得那样清瘦。

夏梓柠眼圈一阵潮湿，她轻轻走过去。

噼里啪啦的键盘敲击声戛然而止，江泓显得有些慌乱，匆忙将一个页面最小化之后，把手从鼠标上移开，转过身来，拉着女儿的手。母女俩依偎在一起。

"小蔷薇，事情搞清楚了吧？"

夏梓柠心里一惊："妈，您干脆当侦探得了！"

江泓笑了："妈妈早就是了！"夏梓柠顺着妈妈的目光，好奇地瞟了屏幕一眼，竟是一篇题为《农村留守儿童心理分析与解决方法初探》的文章，标题采用的是大大的粗黑字体。显然妈妈这么多个日夜的心血，终于要开花结果了，她不由得为妈妈感到骄傲！

"老妈，您正写的这篇文章就是当侦探的结果，对不对？"

"我的宝贝女儿真聪明！"

夏梓柠一声喟叹，语气黯然地说："老妈，我一点儿都不聪明，把一个'害人精'当成了好朋友！"见老妈眼神有些愕然，她便把和豆秀秀"读书角"交锋的场景绘声绘色地讲了一遍。见老妈面如凝霜，实在不忍，又故作轻松地说："我夏梓柠有眼无珠，交友不慎，实在对不起老爸老妈独一无二的优秀基因！"说到老爸，她忽然话锋一转："我爸呢？感觉一万年都没见他了哟！"

江泓的神色有些不自然，但这种表情转瞬即逝，她故作埋怨之态："你这么明目张胆地想你老爸，不怕老妈吃醋吗？"

"当然不会，我老妈心胸多宽广啊！再说了，我知道老妈的感受，你们如牛郎织女般被分隔在银河两边，我是在替您说心里话呢！"

江泓听罢，嗔怪夏梓柠："你这丫头，啥时候学得这么油嘴滑舌，你爸现在心里只有案子、案子，哪儿还装得下咱娘俩！"

2

夏梓柠对同桌感到愤怒和失望，同时也很后悔找她对证。跟妈妈道过"晚安"后，她回到自己的卧室，关上门。她扪心自问：让真相自己水落石出不好吗？为什么一定要证实呢？

致青春 · 成长书系

是因为郝老师是一位好老师，还是因为郝老师给了她更多"话语权"，所以她要"报答"？是因为郝老师是妈妈的同事，还是因为自己是一个爱管闲事、爱打抱不平、爱出风头的"三爱牌八卦小记者"？

其实，这也怪不得夏梓柠。找那位背诵千古名句的同学刺探情报却一无所获之后，接下来她最想找语文课代表证实，毕竟她是和郝老师接触最多的学生嘛。但转念一想，课代表只是收发语文作业时和郝老师偶尔有短暂接触，即便交流也定然只围绕着作业和学习，因此这事她应该不知道，这从她那天的表情可以判断出来。不得已，夏梓柠才直奔主题，直截了当地找"第一嫌疑人"豆秀秀。她为什么能迅速锁定豆秀秀为第一嫌疑人？当然是除了她具有神探的基因与潜质外，还因为豆秀秀明显异常的表现。

夏梓柠拿起手边的一个玩偶，这是她众多玩偶中最得宠的一个——小猪小奇。她习惯性地亲亲小奇长长的嘴巴和憨厚的脸。妈妈说，猪是她的属相，这让她觉得很奇怪：凭自己这么超拔的智商，怎么能以这种动物当属相呢？纯粹乱弹琴！但现在看来，她属猪，或许正是命运的精心安排。

在"读书角"见到豆秀秀之前，夏梓柠对即将到来的"会晤"场景做过一番预设：先是豆秀秀到达"读书角"，因为她是嫌疑人，自知理亏，必须先到以掩饰其发虚内心；代表正义的她则必须后到，并且最好的方式是以迅雷不及掩耳之势从天而降，"凶神恶煞"地冲到嫌疑人面前，双手叉腰，质问道："豆秀秀，你是怎么昧着良心害郝老师的？还不快快从实招来！"此时，豆秀秀一定被吓得半死，喃喃说不出口，两腿打战，东张西望，那是在寻找逃跑的方向。而她，一定要无比神勇地揪住"敌人"的衣服，防止其仓皇逃窜。经过短暂的撕扯之后，一定会有很多同学甚至老师走上前，围成一个圈，将她们俩团团围在中央。人们得知豆秀秀的所作所为后，纷纷流露出鄙夷不屑的神情，无数双手指着豆秀秀的鼻子，异口同声地指责，再看豆秀秀，已哭得梨花带雨、泣不成声。但越是这样的关键时刻越不能手软，手持正义之剑的她一定要……

唉，没想到豆秀秀竟然这么不争气，还没扛到威逼利诱呢，就竹筒倒豆子一般全招了。就这意志力，在战争年代，第一个当叛徒的定然是她！夏梓柠气愤地把小奇丢到靠墙的床边，她似乎听到它委屈而痛苦地哼了一声。

3

江泓离开书房，来到夏梓柠卧室，见她眉头紧锁，便拉起她的手："是不是睡不着啊？"见女儿点头，母女俩手牵手来到客厅沙发上。江泓安慰女儿："我知道你心里不舒服，但你想过吗？也许你的同桌，哦，豆秀秀，说的是气话呢！"

"怎么可能，谁会自己冤枉自己？她豆秀秀脑子短路了吗？"

"或者，其中有误会，又或者她有难言之隐呢，退一万步说，即便是你同桌干的，你也不要一棍子把人打死，更不能用别人的错误惩罚自己，好好想想吧，好不好？"

说完，妈妈又回到电脑前，沉浸于论文的撰写之中。

在键盘的敲击声中，夏梓柠久久窝在沙发里，像只乖巧的小猫，她在思考妈妈的话。妈妈的话有道理，毕竟她是心理学专家。

正对着她的那面墙上挂着一幅画，用金色的木框装裱着，很有意境的样子。画面上，铺展着一大片绿色，中央是一群人，看不清眉眼，上方是爬满蔷薇花的残壁。爸爸说，这是一位著名画家特意画给妈妈的。爸爸还说，人群里有妈妈。但夏梓柠将眼睛瞪疼了一百次，都看不出哪一个是

致青春·成长书系

妈妈。

她把目光收回，思绪却像劲飞的鸟儿，不愿归巢。通过长时间的观察，她觉得，尽管豆秀秀为什么能到鹏举中学读书仍为未解之谜，但她深信豆秀秀是一个善良的孩子。一个善良的孩子会忍心伤害别人吗？更何况这个"别人"是她的老师！如果会，是有心还是无意？如果是有心，会不会因为这个善良的孩子觉得自己受到了伤害？如果是无意，作为闺蜜，她用什么法子化解其中的误会呢？不管是有心还是无意，既然已造成伤害，她又该如何从中"斡旋"，融化加害者和受害者心中的坚冰？

妈妈还说，从心理学的角度，一个人感到自己被误会了，尤其是被最好的朋友误会，她一定会感到委屈，会慢慢萌生逆反心理，故意以一种"死猪不怕开水烫"的架势，向这个世界示威：是我，是我，就是我，所有的坏事都是我干的，所有的刀枪剑戟都冲我来吧！

如果真是这样，秀秀一定被她伤得很深，心像碎玻璃一样了。那么，她明天该怎样面对豆秀秀呢？

夏梓柠对豆秀秀怀着歉意，对郝老师怀着担心，对自己怀着责备。思来想去，她还是给自己找到了理由：替天行道，除暴安良，路见不平一声吼，这都是我的侠女风范闹的！豆秀秀有幸作为侠女的同桌，一定会理解的，更何况她确实做错了呢！

忽然，夏梓柠轻轻站起来，蹑手蹑脚地来到书房门前。

因为她听到了说话声。

4

灯光从书房门上部的磨砂玻璃上透出，妈妈的说话声与键盘的噼啪声从书房传出来。

"婧容，到底是怎么回事啊？别着急，咱们是闺蜜，有话千万别掖着，说出来，我看有什么办法没有。"

婧容？夏梓柠惊讶不已，原来妈妈在和郝老师通话。令她难以置信的是，妈妈和郝老师竟然是闺蜜！郝老师是春节后才被学校招聘来的，屈指算来还不到一个学期，她和妈妈教的不是同一学科，也不在一个办公室备课，按说应该没多少交集啊，怎么会？再说了，妈妈那么忙，郝老师也一副高冷的样子，独行侠一般，究竟是一种什么样的缘分连起了她们俩？怎么就"神不知鬼不觉"成了闺蜜了？

夏梓柠屏住呼吸，恨不得耳朵一下子变长，可以伸进屋里，好听清妈妈说的话。

她忽然想起《三国演义》中"蒋干盗书"的情节。彼时，偷听周都督讲话的蒋干，心情也和她差不多吧？

电话里，郝老师会和妈妈"嘀咕"什么？这是让她百思不解的关键所在啊！

5

第二天，郝老师仍没来，语文课由其他班的语文老师代上。

这位身形微胖、脸膛赤红的男老师说："同学们，由于郝老师有事要办，从这节课开始，你们的语文课暂时由我来上。"

"老师，您要给我们代多长时间呢？"

"这个还不知道，看情况吧。"老师一句话轻轻带过了同学的疑问。

这一变动让夏梓柠更为郝老师担心——她不是被学校解聘了吧？不然，为什么代课老师就登场了呢？是郝老师自己请同事代的课还是教务处安排的？如果是她主动请的，说明问题还不太严重；如果是后者，恐怕一切都不好说了。

这节课，夏梓柠上得十分别扭。再看其他同学，尤其是几个男生，换个新老师，他们似乎觉得很新鲜，学得也似乎起劲了些，背课文时他们摇头晃脑的幅度和次数比以往大和多。真没良心，这么快就把郝老师忘了，夏梓柠暗暗责骂这些"负心"的家伙。

豆秀秀倒没什么明显变化，既无幸灾乐祸，又无黯然神伤，跳出三界外，不在五行中，一派不显山不露水的样子。读起课文来流利自如，如风行水上，自然成文。对夏梓柠，她也没什么敌意，似乎全然忘记了昨天发生的一切。不，或许在她心里，昨天"读书角"之战根本就不曾发生，如同一本台历，昨天那页漏印了。

夏梓柠故意问了豆秀秀一个问题，豆秀秀有些诧异——夏梓柠的成绩略优于她，平常极少问她问题，更何况是"小儿科"的问题，但她还是平静地回答了。这让夏梓柠感到些许温暖，毕竟曾经的好朋友没记恨自己。但随即，夏梓柠的愤怒便从心底泛起：一个女孩子，做出了伤害老师的"行径"，竟还能如此淡定地回答同桌近乎智障的问题，足见无丝毫悔过之意，真是个蛇蝎心肠的人啊！

想到这，夏梓柠猛地把书放在课桌上，愠怒地问："豆秀秀，郝老师因为你不能给我们上课了，你心里就没有愧疚吗？"

豆秀秀抬起头，一字一顿地反问夏梓柠："我有啥可愧疚的？"

在夏梓柠看来，这哪里是回答，简直就是挑衅嘛！你呀，做错了事还这样不思悔改，我夏梓柠真是看错你了！

夏梓柠盯着豆秀秀的眼睛："你到底做了什么？郝老师究竟哪里得罪你了？"

"你夏梓柠冰雪聪明，就自己信马由缰地想去呗，何必多此一举问我？再说了，我说的你信吗？"豆秀秀又读起课文来，音调比此前高了八度，但尽管如此，她的声音仍被淹没在浩瀚的书声海洋里。夏梓柠只得悻悻地拿起笔，默写起小学时学过的古诗："毕竟西湖六月中，风光不与四时同……"六月，六月，原本是一个繁花香浓的月份，可夏梓柠和豆秀秀的六月啊，却多了些耐人寻味的成分……

在弥漫的蔷薇花香里，夏梓柠做出了一个决定。

三　如山似海的事情

1

夏梓柠撒娇地攀着江泓的肩，甜腻地问："老妈，您的论文完工了吗？"

江泓不假思索地回答："论文又不是你们当堂写小作文，哪能一蹴而就？"忽然，她盯着夏梓柠的眼睛，似乎在探究这两潭水的深浅，警觉地反问："你是有什么小阴谋要妈妈'出山'吧？"

"果然姜还是老的辣！"夏梓柠夸张地伸伸舌头，"我是想……"

"看望一下郝老师，可你又不知道她住哪儿，对不？"

夏梓柠忽然觉得所有的语言都无比苍白，只有手势最简单又最直接，便向老妈狂伸大拇哥。

"你确定？"这一问似乎意味深长。

夏梓柠未能明白老妈的意思，不知该如何回答。

江泓有点儿担心地对女儿说："我的小蔷薇，你有责任感我很欣慰，这很像我和你老爸。但作为一名初中生，老师的私事，你一个小孩子确定要出手管吗？"江泓慈爱地揉捏着女儿的手，口气柔和地说："对这件事，你们班其他同学有什么反应？大家是义愤填膺还是事不关己高高挂起？"

夏梓柠忽然觉得妈妈有点儿陌生，这不大像她的性格啊，今天是怎么啦？于是嘟哝一句："亏您和我们郝老师还是闺蜜呢，竟然这样不仗义！"

江泓笑了："嗬，我女儿开始给我扣帽子、打板子了。你怎么知道我和郝老师是闺蜜？哦，昨天我接了郝老师一个电话，你偷听了？你不是睡着了吗？"

夏梓柠没好气地说："就许你们家长在孩子面前放火，不许我们当小孩儿的点灯？"

江泓一下子又恢复了自己风风火火的秉性，爽快地对女儿说："好，既然这样，老妈就仗义一回，带我家小蔷薇，不，是小蔷薇带着她家的我，到郝老师家里走一遭。"没等夏梓柠做出反应，她又补充道："我可把丑话说到前头，如果去郝老师家之后，你发现错怪老妈了，可一定要跟老妈道歉，括弧，郑重地！"

"君子一言，驷马难追，就这样愉快地决定了！"夏梓柠和妈妈高兴地击掌。

2

感谢那家财力雄厚又情怀满满的企业，不仅为学校投资了一流的教学设施，还建了多栋教师住宅楼，教师及其家属均可入住。单凭这一招，便吸引了不少媒体和民众的目光，也大大增强了学校的魅力。

其实，郝老师家离夏梓柠家并不远，只是不在一栋楼，夏梓柠从未去过而已。

傍晚，下了一阵雨，像给空气打了清凉剂，气温一下子降了好几度，凉凉的风轻拂面庞，像被轻柔的小手抚摸着，分外舒爽。风里自然带有蔷薇花的香，不浓不淡，既不刻意张扬，又清晰可闻，让人觉得是那样舒畅。

有些花瓣躺在地上，有的被吹进泥水里，面目全非，煞是狼狈。在夏梓柠看来，花瓣是那样可怜，有的可能今天刚刚绽放笑脸就惨遭噩运，委实令人惋惜。

生活区里，呈现出轻松愉悦的景象。老人们带着孙子孙女出来纳凉了，孩子在无拘无束地奔跑，有的孩子在捡拾零落的花瓣，手脸俱脏，便招来了爷爷奶奶的呵斥。但他们浑然不觉，银铃般的笑声回荡在校园里。

这种其乐融融的情境，让夏梓柠不由得想起了自己的童年时代，想起了奶奶，也想起了农村老家的那位大伯。一个个面庞映现脑海，这些面庞曾亲切而熟悉，但如今却渐渐疏远、陌生甚而模糊。唉，如果没有大伯的事情，没有郝老师的事情，这个世界或许会多一些快乐吧。

3

郝老师家竟然在一楼，这让夏梓柠异常羡慕。如果自己家也在一楼，该是多么惬意！这样她就不用上下楼折腾两条腿了，爸爸妈妈也不会在忙碌劳累一天之后，拖着满身疲惫爬楼了。

江泓看透了女儿的心思，说："现在提问，你知道什么样的人家最喜欢挑一楼住吗？请抢答！"

夏梓柠不假思索地回答："肯定是领导面前的人嘛！"

江泓轻轻摇头："凡是选择住一楼的，多是因为家里有老人或有病人的。"

夏梓柠伸伸舌头，似乎在为刚才的"自私"和"浅薄"表达歉意："一楼脏，二楼美，三楼四楼跑断腿嘛，我知道！"

"这已经是老皇历了。现在的居民楼大多有电梯，上下进出都非常方便。虽然如此，但对于有老人、病人的家庭来说，一楼仍为首选。"

夏梓柠明白了妈妈的用意，这意味着郝老师家里有老人，或者有病人，或者二者兼而有之。于是，她不由得担心起郝老师来。假如郝老师被"开"了，老人或病人该咋办？霎时，责任感便重重地压下来，小小的肩膀感到了大大的重量。

4

郝老师早早在家门口等着母女俩，头发乱乱的。

短短两天不见，郝老师的变化太大了。她只穿着一身家居服，既不平整也不太干净，和她站在讲台上的形象简直是天壤之别。虽然面庞浮着笑意，但仍难掩疲惫。瞬间，夏梓柠竟有些恍惚，这是……我喜欢的那位郝老师吗？随即，她又不由得升腾起对豆秀秀的怨恨，郝老师之所以这么惨，全怪你！

郝老师热情招呼夏梓柠和她妈妈坐在沙发上之后，略带惭愧地说："你们俩别见笑，我们家的条件不能跟你们比。"

"您去过我们家吗？"夏梓柠奇怪极了，我怎么不知道呢？她当然不清楚这不过是一句客套话。即便郝老师去过并发自内心，也不必太较真。

夏梓柠打量着郝老师家的摆设，抛开"金窝银窝，不如自己的狗窝"

的俗套，郝老师家似乎和自己家确实相差甚远。木质家具都是学校统一配置的，规格一样，但客厅里的电视是老旧的款型，是又小又厚的那种，说不定年龄比自己都大。沙发罩布大面积是脏的，还有多处破损，墙壁上一点装饰都没有，连中国结这样的普通装饰都难觅踪影。

江泓往外欠欠身子，笑着说："婧容，咱们还用得着客气吗？"

听着妈妈和郝老师的交谈，夏梓柠不由得感叹："二人果然是闺蜜！"

江泓对女儿说："我这篇论文，最困难的是收集资料。因为不少乡村学校不太愿意配合，一是多一事不如少一事，二是可能害怕被揭丑。多亏了你郝老师帮忙，我才能在最短时间里收集到这么多的一手资料，这让我心里多了不少底气。"

原来妈妈和郝老师的交往之所以超出同事间的关系，是缘于妈妈的另一个身份——心理咨询师。原来心理咨询师竟然是这样一份既令人觉得神秘，又让人特别愿意交心的职业。

"看你说的，泓姐，刚才是谁说闺蜜不要客气的。"郝老师笑着打断江泓的话，"我不过就打了一个电话，是我那位农村的亲戚给力。话又说回来，你要是愿意屈尊去农村的话……"

江泓有些尴尬，看了女儿一眼，见女儿双目灼灼，盯着她和郝婧容，赶忙把话题岔开："你的家人呢？"

郝老师犹豫了一下，说："哦，我婆婆出去了，现在外面不是凉爽了嘛。我正好收拾一下房间，好迎接你们这两位贵客。"

"爱人和孩子呢？"

"他……他们也出去了。我爱人工作忙，没回。"

夏梓柠听得出，郝老师声音有些慌乱，目光闪烁不定，几乎不敢与人对视。但她很快就为郝老师找到了理由：郝老师工作太累了，加上这两天心理压力大，出现这种"反常"情况很正常。

又天南海北畅聊了很多，虽然郝老师和江泓都不时发出笑声，但夏梓柠觉得，这笑声里似乎夹杂着别的味道。至于这"别的"是什么，以她现在的阅历，还揣摩不出。

回家的路上，江泓忽然感慨道："真不容易啊！"

夏梓柠不知道妈妈的感慨针对什么而发，是说郝老师不容易，还是说她自己不容易？是说帮郝老师不容易，还是说不帮她也不行？于是，她感慨万端："书上讲，女人的第六感是最准确的，但我觉得，女心理咨询师的第六感是令人发指的准确。"江泓疼爱地摸摸女儿柔软的头发："你这个丫头，道歉的方式真奇特，不过要是理解成你在拍马屁我倒是很喜欢。"她叮嘱女儿："这件事就这样吧。你一个小孩子，就不要再充当拯救地球的角色了，无论对你们郝老师还是对豆秀秀同学，你都要以一颗平常心来对待。不论是不是误会，不论谁对谁错，这些都是生活的一部分，你三头六臂也管不过来。答应妈妈，好不好？"

夏梓柠夸张地点头，意在让妈妈感到她承诺的分量。

"还有啊，今天的话，尤其是你郝老师说的，你可不能乱讲！"说着，江泓使劲拽了几下夏梓柠的胳膊。夏梓柠感到，妈妈的手特别凉。

风凉凉爽爽的，带着蔷薇花的香气，扑面而来。夏梓柠贪婪地深吸一大口气，心情瞬间变得愉悦起来。

夏梓柠的这个夜晚，注定会深刻而漫长。因为她不仅要思考如山似海的事情，还酝酿着一个大大的计划。

致青春·成长书系

四　赠人玫瑰莫扎手

1

躺在床上，夏梓柠眼睛瞪得大大的，直视着天花板。为了不引起老妈的怀疑而被勒令睡觉，她把顶灯早早关闭了，只开着床头那只粉色的小灯。灯光不亮，但很美，像一只神奇的小手。光影婆娑间，蓦地，夏梓柠看到一个小东西，她猛吃一惊：蚊子！它蛰伏在床正上方的天花板上，把自己装扮成一个静物，正伺机而动，趁她酣睡后实现它的吮血阴谋。这一惊人发现让夏梓柠更无睡意，要是平常，她一定会夸张地喊叫，刷刷存在感，发发"公主病"，让爸爸闻声跑过来把这个可恶的东西收服，但今晚她一反常态，心甘情愿与这只蚊子共处一室。

夏梓柠在承受着思绪排山倒海般的冲击。郝老师是一个难得的孝顺媳妇。丈夫工作忙，不能顾家，婆婆常年多病，孩子年幼顽皮，里里外外全靠她一个人打理，可以说，生活百分之八十的重担都压在她柔弱的肩上。郝老师工作极富责任感，这极大地"掠夺"了她的时间和空间，让她比别人更加忙碌。但她瘦削的身体里不知道怎么会蕴藏着那么大的能量，硬是咬着牙撑起了家，并且在外人眼里，她是那么漂亮、讲究，似乎一切都游刃有余，拿得起放得下，痛苦啊，磨难啊，这些字眼似乎完全与她无关。

这次另类"家访"，让夏梓柠几乎零距离了解了郝老师。原以为郝老师是无辜的，是豆秀秀"黑心"害了郝老师，谁知真实情形却让她大跌眼镜！

2

在郝老师家，夏梓柠把和豆秀秀"交锋的战况"告诉了郝老师，但隐去了一些细节，比如豆秀秀"死不改悔"的态度和任性的话。她似乎受了豆秀秀的委托，真诚地说："对不起郝老师，我同桌伤害了您，我代表她给您道歉！"郝老师笑笑，平静地说："我已经想到了。"当妈妈问郝老师到底发生了什么事情时，郝老师稍加沉吟，说："这事不怪豆秀秀同学，怪我！"

"怪你？"夏梓柠和妈妈不约而同地睁大了眼睛。

"现在想想，应该是我伤害了秀秀同学，她心里埋下了怨恨的种子。而我又没能及时发现并补救，就任凭这怨恨在秀秀同学心里发酵，唉！"郝老师长叹一声，"泓姐，事到如今，我纯属咎由自取。你们娘儿俩也不必太为我担心，咱就顺其自然吧。"

妈妈拉住郝老师的手，急切地说："婧容，你说话别说一半留一半啊，恕我愚钝，你把话说清楚！"

"我作为一名语文老师，按说应该肩负起塑造学生心灵的职责，但我不知从什么时候开始，对农村、对农民、对农村家庭出身的学生有了一些偏颇的看法，看他们时就不自觉地戴上了有色眼镜。"郝老师一脸悔意，声音沉痛。夏梓柠甚至能看出郝老师眼镜后面眼角的泪水，她在努力控制着，不让眼泪在学生面前流下来。

郝老师的讲述，无意间解开了夏梓柠长久以来的疑问。原来，豆秀秀是作为扶贫生，从农村学校选拔到鹏举的。初中属义务教育阶段，在公办学校读书自然无须花钱，但鹏举这种私立学校则不同。因而，自办学之日起，鹏举一直坚持每年都为品学兼优的农村孩子留一些名额，让他们免费上学。正因为有这样的制度，家境并不富裕的豆秀秀才成了夏梓柠的同学。

得知这样的"内部"消息，夏梓柠既难过又兴奋。难过的是，像郝老师和妈妈这样出类拔萃的女性，这样优秀的老师，竟然也会有一些不该有的错误念头。

通过交谈，她已知晓郝老师对农村学生"另眼看待"的原因：

读大学时，郝老师和同寝室一名家在农村的女生相处甚好，二人相见恨晚，无话不谈，成为闺蜜。但后来郝老师发现，闺蜜身上有不少让她难以接受、难以原谅的缺点，最终她主动和闺蜜疏远了。但这位曾经的闺蜜不仅未正视自身缺点，反而无中生有，夸大其词地编造理由中伤郝老师，让她极为被动，在同学和老师面前陷入孤立无援的尴尬境地。从此，郝老师觉得农村人不值得信任，并任由这种想法蔓延，渐渐扩大到所有农村人身上，从内心深处把农村人"妖魔化"了。

可是，大气且善良的妈妈为什么也会和郝老师一样，戴着有色眼镜看农村人呢？或者只是郝老师随口一说？但从妈妈的表情上看，似乎不像被冤枉的样子。难道是因为大伯？唉，有空再委婉地问妈妈吧，这事不急，来日方长。

令夏梓柠兴奋的是，终于对豆秀秀多了一些了解。豆秀秀对郝老师发难、郝老师被停课，两方都既是受害者也是"施暴者"，都是原告被告一身担。若以此为切入点，消除二人的芥蒂，难度或许就小多了。甚至，考虑到豆秀秀的脾气，夏梓柠还设想了一些预案，已在脑子里预演了很多遍。

唉，还没开始行动，夏梓柠已经觉得头昏脑涨了。此时，她也无心再管天花板上潜伏已久的那只蚊子了，反正也吸不了多少血，而她的血气正旺着呢！

3

夏梓柠匆匆对付完数学作业，对豆秀秀说："秀秀，猜我昨晚去哪儿了。"

豆秀秀正苦思冥想一道数学题，对夏梓柠的话没任何反应。

"说话呀秀秀，我知道你听到了，少给我玩深沉！"夏梓柠蛮横地夺下豆秀秀的笔。

豆秀秀抗议："你去哪儿跟我有半毛钱关系吗？你又不是宠物狗，我也不是你的主人，你爱去哪儿去哪儿，我又拴不住你！"

"我去了咱郝老师家。"夏梓柠压低声音。

"你是在提醒我，你是教师子女，在教师楼住，有优越感吗？"豆秀秀夺过笔，赌气似的继续"啃"题。

几名同学正午睡，有的甚至发出轻轻的鼾声。夏梓柠心里烦躁不已，竟指着这些"梦中人"责问豆秀秀："你是像他们一样在做梦，还是故意装糊涂？"她故意顿了顿，提高声音，"你知道郝老师有多自责吗？"

这句话果然吸引了豆秀秀的注意力。她停下笔，眼睛里分明闪烁着一种温暖的东西，但这东西只是一闪而过，倏忽间烟消云散。她阴阳怪气地说："她向你告状了是吧？你知道我是多招人恨的坏蛋了吧？"

"秀秀，你误会郝老师了！"稚嫩的双肩挑着维护"世界和平"重任的夏梓柠全然忘记了妈妈昨晚的叮咛，她凑近豆秀秀，"郝老师说，是她的责任，让我们不要埋怨你。"夏梓柠热切地扳过豆秀秀瘦削的肩膀，又说："要不，咱找校长为郝老师解释一下吧？"

夏梓柠惊喜地看到，豆秀秀眼睛里温暖的东西又闪动了一下，嘴唇动了动，像要说什么话。于是，她趁热打铁地向豆秀秀讲述她看到、听到和想象到的郝老师本人和她家的部分"惨状"，最后慷慨陈词："秀秀，我相信你，你的心里始终是充满感恩的。无论你做过什么，我都相信你是无意的。"

不料，豆秀秀猛地站起来，怒吼道："你是在提醒我，我能来这儿上学，是谁谁谁对我的天大恩赐是吧？我不稀罕！"说完，丢下错愕不已的夏梓柠和猛然惊醒、如坠云里雾里的同学，化身一阵飓风，旋出了教室。

4

执迷不悟的豆秀秀不愿"悬崖勒马"，不愿"放下屠刀"，夏梓柠决定自己干！

她并不怕见校长，受老爸影响，她也不允许自己惧怕谁。更何况，现在是什么时候，救一个她尊敬和喜爱的优秀老师出苦海的关键时刻，她更应该勇敢地冲到前面。

校长办公室在另一栋楼，叫行政办公楼。要去那里，需要穿过教学楼前面的小广场。完成作业后，夏梓柠习惯站在走廊上，手扶栏杆，用目光巡视着这个小广场。一朵花的绽放，一只蝴蝶的嬉戏，她都尽收眼底，更不用说一个人了。

现在，她要做这样的人！古有巾帼英雄花木兰替父从军，今有一个叫夏梓柠的女侠单枪匹马会校长。

校长室在五楼，夏梓柠几乎用百米冲刺的速度飞奔上去。似乎在一阵疾跑后，万丈豪情和汗水一同蒸发殆尽，来到校长室门前，她头脑反而冷静下来，妈妈的叮咛适时地响起："你一个小孩子，就不要再充当拯救地球的角色了，无论对你们郝老师还是对豆秀秀同学，你都要以一颗平常心来对待……"

是啊，她如果冒冒失失闯进去，为郝老师申冤，有用吗？如果慈爱的校长幽默地向她伸出手来："我知道你，你叫夏梓柠，是夏天宇警官和江泓老师的千金。夏同学，请把你的证据亮出来吧！"她怎么办呢？

要达到拯救郝老师的目的，在无凭无据的前提下，她只剩下一招：卖惨！向校长无限悲痛地讲郝老师家境如何如何值得同情，如何如何需要这一份工作，如果失去了，她的一家就……要点是，一定要以情打动校长，讲述时最好花容失色、涕泗横流。

可是，她能达到这种忘我表演的境界吗？就算她做到了，如果校长再幽默地告诉她："梓柠同学，你想多了，谁说郝老师会失去工作？"

"还有啊，今天的话，尤其是你们郝老师的话，你不要乱讲！"妈妈眼神里盛满了严肃，不，是严厉。是啊，关于郝老师本人和她家庭的信息，她有权公之于众吗？于是，夏梓柠硬生生收回擎着女娲补天般责任的纤细手臂，蔫蔫地回到教室。

这节语文课仍由红脸膛的男老师代上。尽管他讲得还算精彩，但夏梓柠就是听不进去。她的心始终在外面飘着，时而飘到妈妈的书房，化作那篇关于农村留守儿童论文中的一个字、一个句子；时而飘到郝老师家，和

致青春 · 成长书系

郝老师一起做家务或发呆；时而再次飘到校长室前，她隐隐听到校长语调
铿锵地说："我不相信郝婧容老师是这样的人，虽然她来咱们学校的时间
不算长，但表现是大家有目共睹的！"

…………

讲台上，老师正讲解课文。他先讲壶口瀑布在陕西境内，不知道怎么
就联想到一个古代女子和与该女子有关的典故。这让夏梓柠很不以为然：
明明课文开头就已点明，壶口瀑布在晋陕两省交界处，你怎能把人家山西
的拥有权剥夺了呢？难道就为了"意识流"到这个和课文八竿子打不着的
典故？

老师说，他要给同学们讲的这个人是古代著名的"败家"美女褒姒。
褒姒不爱笑，为逗她发笑，周幽王竟然让人点燃烽火，吸引诸侯王派兵来
救。诸侯的军队慌慌张张到来后，却发现只是一个闹剧，只得又失望又敢
怒不敢言地悻悻离开。看到这里，褒姒终于绽放了如花般的笑容。

故事里的褒姒笑了，听故事的同学们也笑了，包括豆秀秀。瞬间教室
里满是愉悦的笑靥。

但夏梓柠没笑，她早已知道这个叫《烽火戏诸侯》的故事，小时候妈
妈就给她讲过。妈妈讲完，总结道："褒姒真是个害人精！"豆秀秀又何
尝不是呢？她和褒姒简直是双胞胎嘛！夏梓柠恨豆秀秀竟然也笑得出来！
本来心里还在为她开脱，但没想到她竟然毫无悔过之心，夏梓柠的恨意又
复苏了。看来，要想让郝老师尽快复课，必须尽快动员豆秀秀配合，向校
长解释清楚。

她匆匆写了一张小字条，动作幅度极小速度却极快地放在豆秀秀书
上。可是，豆秀秀仅仅瞥了一眼，也不知看清上面的字没有，就揉作一
团，丢进了挂在桌头的环保垃圾袋里。

看着自己的心血之作被无情践踏，夏梓柠无奈加盛怒之下，在一个精美的笔记本上乱涂乱画起来。本子是妈妈到北京开会时，在一个精品屋为她精挑细选的，更多时候她只是拿出来看看、嗅嗅，把玩一番，向它表示表示亲近之情，或向其他同学显摆显摆，根本舍不得用。一层一层的彩色墨水摞在一起，开始时还能看出涂画的是什么，到最后各种颜色狼狈地混搭在一起，再也看不出本来面目。

　　这个"迷彩墨疙瘩"是此刻夏梓柠的"代言人"。

五　无心插柳

1

夏梓柠的愤懑让时间的脚步放缓了许多，气温却悄悄飙高了不少，教室里的空调瞬间沦落为一个既不中看也不中用的"摆件"。教室前后各有一个冷、热、常温三用饮水机，冷冻矿泉水一时成为拥趸最多的"明星"。

这天，教室的壁挂电视上推出一个通知："同学们，暑假即将到来，学校对同学们的假期安全非常重视，特邀我市著名作家谷一农莅临我校做讲座。谷老师多年来一直关注孩子的安全问题，写了大量相关题材的书和文章。讲座结束还有谷老师亲笔签名的书送给同学们。"底下是讲座的地点和日期。

由于大礼堂容量有限，只让初一的同学参加。初二和初三派代表去现场，其余同学由老师组织在教室观看现场直播。

"现场才够劲，看直播有啥意思啊！"有个男生像泄气的皮球，唉声叹气，甚至将书摔在课桌上。

"在教室看不是一样吗？还能顺便做作业呢！"女生都是婉约派。但话虽如此，脸上仍然掩饰不住失望之情。

"啧！"男生显然不以为然，"一样？你伸手向电视要签名书试试？除非你有隔空取物的特异功能。"

女生反唇相讥："要书干吗？你读过吗？"

…………

夏梓柠没参与议论，此时，她在思考：作家讲座，机会难得，学校肯定会让老师们参加。郝老师会不会去？如果去，应该没啥大事；如果没去，是她不愿，还是学校不许？既然初二年级有代表去礼堂，自己能不能成为代表的一员？如果有幸能进入礼堂，一定想法挤到前面去，向作家老师要一本签名书，她爱书，更爱签名本。知女莫若母，妈妈已经为她"请"了不少签名书了呢。还有，她能不能利用这次讲座之机找到让郝老师复课的途径？

2

从侧面看，鹏举中学的大礼堂俨然是一个帆船造型，昂首挺胸，劈波斩浪，傲视万顷波涛，展望无限前景。它寓意着学校不畏艰难、勇往直前。礼堂正门是中西合璧风格，既古色古香又国际范儿十足。

毛遂自荐加上成绩一向突出，夏梓柠和豆秀秀同时被选为到礼堂亲聆作家讲座的代表。

夏梓柠走在熙熙攘攘的人流里，天气也变得不那么热，因为不远处就是自己一直渴望的场景，还有她渴求的知识。

师生们按编排落座后，先由董慎之校长做简短讲话，引出著名作家谷一农。接着，在大家的掌声里，谷作家闪亮出场。

致青春 · 成长书系

　　夏梓柠和豆秀秀仍被安排在相邻位置。由于离主席台较远，二人都看不清谷作家的相貌，只看到他身形瘦瘦的，想必面庞也是那种作家式的清癯。看到作家老师高瘦的身形，虽然他还未开口，夏梓柠已先入为主地萌生了几分喜欢和敬重。

　　台上只剩下作家一人。偌大的主席台只属于一个人，这让夏梓柠非常敬佩。台下黑压压的听众想必也和夏梓柠一样的心情。

　　"大家好，我叫谷一农，很高兴来到鹏举中学，与老师们、同学们进行分享。"作家清了清嗓子，喝了口水，"请大家把手机调成飞行模式或静音，关闭就不必了，因为我知道大家还要拍照。"果然，作家的开场白一下子启动了鼓掌的开关，既让气氛瞬间变得轻松，也拉近了和大家的距离。

　　"谷老师，学校不让带手机。"台下，一位同学给作家说明情况。这激起了一片哄笑声，气氛更轻松了。

　　夏梓柠用余光看看豆秀秀，她正目不转睛地盯着台上。这让夏梓柠既满意又疑惑：满意的是，对作家老师就应该用这种崇拜的目光来看，这是一个好学生的"标配"；相伴而生的疑惑是，一个渴求知识的好学生，明知对老师造成了伤害，为什么却不愿意补救呢？

　　夏梓柠扫视全场，果然，她看到了郝老师。她坐在学校为老师们安排的区域，像个孩子一样看着台上的作家。

　　夏梓柠轻舒一口气。看来，郝老师并没被学校"踢"出教师队伍。

　　谷作家结合自己制作的PPT，跟师生们分享了他的成长经历、写作缘起与得失等。他的声音很柔和，没有丝毫的张扬，语速不疾不徐，既沉稳又不沉闷，讲到重要处，他还会重复和强调，并用手里的荧光笔在幻灯片上画圈，荧光笔牵引着所有敬佩的目光。想必，在教室看直播的目光也正被这荧光笔牵引着。

原来，在成为作家之前，谷老师的作文也并不是特别好，因为受到了一位前辈的鼓励，加上自己过人的韧劲，才有了现在的成绩。于是，夏梓柠眼前不由得浮现妈妈伏案写论文时孤独而可敬的身影。

3

"同学们、老师们，贝弗里奇有句名言："聪明的资质、内在的干劲、勤奋的工作态度和坚韧不拔的精神，这些都是科学研究成功所需要的条件。'我们的学习和写作，应该有和科研一样严谨而勤奋的态度，这样就一定会成功。"谷老师在做总结，他呷一口水，换了一种口气，"如果你觉得劲头不够、信心不足的话，就想一想我，然后告诉自己，就连这个叫谷一农的人都成了作家，而他资质平平，我只要努力，一定能取得更大的成绩。"直到此时，夏梓柠才发觉，一个半小时过得飞快，讲座已接近尾声。她心里涌起那句一时间想不起作者为谁的诗句："流光容易把人抛，红了樱桃，绿了芭蕉。"

剩下半小时是交流环节，由现场的师生向谷老师提问。

霎时，台下呼啦啦"长"起一大片胳膊的"丛林"。

有人高叫着："我！我！"

"Here！Here！（在这里！在这里！）"有人为了刷存在感，竟然尖起嗓子整起了英语，"It's me！（我！）"

时间太短，人太多，人人都提问显然不现实。于是，台下的工作人员开始跟着感觉走，他挑中谁，就把麦克风递到谁手里。谁掌握了"话语权"，便立即成为大家羡慕的对象。

有位女生问了一个问题："谷老师，请问您在写作过程中，最难忘的是什么？"

夏梓柠撇了撇嘴，嘟哝道："好不容易得到的机会，竟然问这种老掉牙的问题！"在她看来，这就等于把大好的机会糟蹋了。

没想到，谷老师的回答却深深吸引了她，她再次乜斜了一眼豆秀秀。不知怎的，豆秀秀的眼角竟然有了泪光！

谷老师动情地讲述了他上高中时的一件事：

因为一件鸡毛蒜皮、微不足道的小事，他竟然误会了他的班主任，从此就处处和班主任唱对台戏，甚至当着全班同学的面顶撞班主任。这样的情形直到高中毕业。结果呢，他的心情是放飞了，成绩却跌落谷底，与理想的大学无缘。后来，他心里一直怀着深深的歉疚，一直想向老师当面道歉，待他终于鼓起勇气时，却听到了班主任去世的噩耗。

"'树欲静而风不止，子欲养而亲不待。'其实，人与人之间又何尝不是这样呢？千人千面，秉性各异，难免有误会，也难免会做错事，但这都不是最终结果，只要消除误会，改正错误，一切都会云淡风轻。请大家一定要且行且珍惜！"

夏梓柠心里一动：自己正想如何利用这次讲座化解豆秀秀和郝老师的矛盾呢，没想到作家老师竟然知道了我的小心思，话代我说了，真不愧是作家！从豆秀秀的表情看，作家老师的这番话也打动了她。

4

签名赠书的环节到了！

大家纷纷向主席台涌去。维持会场秩序的老师一下子绷紧了神经，反复提醒："大家别挤，作家老师的书数量有限，挤也没用，请大家有序离场，千万不要发生安全事故！"

"书的数量有限。"这话无异于火上浇油，大家更是争先恐后。

夏梓柠和豆秀秀不约而同地汇入拥挤的人流。夏梓柠坐在靠近走道的位置，跑在前面。前面有很多人阻挡，正当她感到力不从心时，忽然感到后背被推了一下。她艰难地回头一看，是豆秀秀！

豆秀秀正笑着，红通通的面庞显得那么生动。夏梓柠心头不由得泛起一阵温暖。

与作家老师近在咫尺，却似天涯之遥。正发愁时，夏梓柠忽然看到了郝老师。郝老师此刻正"逆流而上"，向她走过来。

错愕间，郝老师频频向她摆手。夏梓柠这才看到，郝老师手里赫然拿着一本书。

"别挤了，就你们这小身板，签名书没要到，再挤出毛病来。"说着，郝老师把手里的书递给夏梓柠。

夏梓柠把书往郝老师怀里推："老师，您好不容易抢到的签名书，我不能要！"为了彰显自己君子不夺人所爱的风度，她用了"抢"字，并特意加强了语气。

"打开看看。"郝老师往人群里扫视着，担心地问，"豆秀秀同学呢？你们看，要签名书的同学里有几名女生？你们还真胆大，快回教

致青春·成长书系

室吧！"

夏梓柠看一眼刚才排队的方向，哪有豆秀秀的影子？心里不由得"咯噔"一下，她不会被挤倒了吧？转念一想，不会，如果有人倒下，同学们早就惊呼了。

翻开书，夏梓柠只看一眼就匆匆合上了。她边四处张望边高喊："秀秀！豆秀秀！"

豆秀秀不知从哪里钻出来，忽然出现在面前，吓得夏梓柠浑身一哆嗦："你大变活人哪！吓死我了，我还以为你被踩到了呢！郝老师怕你出事，让我找你。"她这才发现，郝老师已飘然走到大礼堂门口了。

"还没到作家面前就得到签名书了，你真神！"豆秀秀显然在顾左右而言他。

"别打岔！"说着，夏梓柠把书递给豆秀秀。

"你的书，我不要！"豆秀秀往外推。

"你看一眼嘛！"

豆秀秀完成指令一般被动地翻开书页，她的动作瞬间僵住了，脸上随即浮现出古怪的表情，先是错愕与僵硬，然后慢慢舒展开来。

知识如灯，照亮前程；

友情如火，温暖心灵。

——祝豆秀秀、夏梓柠两位小文友快乐成长、学习进步！

下面是作家谷一农的签名和签名日期。

漂亮的字体，淡淡的墨香。

"这话咋这么耳熟？"豆秀秀既像喃喃自语，又像在问夏梓柠，"想起来了，是郝老师经常在课堂上对我们说的。"她猛拍脑门，一惊一乍地说："我明白了，这是郝老师为咱俩签的！"

"我也明白了，你刚才是因为不想见郝老师才故意躲起来的。"夏梓柠故意装出一副脑回路忽然被接通的样子。

六　"要命"的信

1

郝老师又登上了她深爱的讲台。

她一袭长裙，发型虽仍为"清汤挂面"，但显然重新打理过，显得身材愈加高挑，满面春风，身上散发着淡淡的蔷薇花香。

郝老师才是优秀老师的样子，郝老师的课堂才是语文课应有的样子，上郝老师的语文课才是一个有追求的初中生应有的样子，夏梓柠由衷感叹。的确，郝老师和那位代课的男老师截然不同。

豆秀秀恢复了以往勤奋学习的状态，行为也自然了很多。夏梓柠想，或许是自己对豆秀秀没有了怨恨和鄙视，她的言行才显得顺眼的吧。这天的历史课上，夏梓柠忽然想到这个问题，她控制不住写了一个字条，夹进一本书里，让书悄悄越过"三八线"，神不知鬼不觉地出现在豆秀秀面前。

字条上写的是："人见人爱、花见花开的豆秀秀同学，你做得棒极了！"豆秀秀看一眼字条，在上面写下一行字："啥意思？"夹回书里，推到夏梓柠面前。

夏梓柠在字条下补充道："且待课下分解。"

她们的诡秘行为已经吸引了历史老师的目光，老师不点名批评道："温馨提醒有关同学，欢迎对号入座。我教的好像是历史课哦，不是把礼物推来让去的游戏课。"口气虽幽默，但还是起到了给两个人的神经上发条的作用。

好不容易熬到下课，豆秀秀急不可耐地问："你字条上说的是啥意思？讽刺我？"

"瞧你这可怜的理解能力，我真为你担心！"夏梓柠竖起大拇指，"我是在夸你，夸你正直、勇敢，及时为郝老师恢复了名誉，让她又能给咱班上课了！"

豆秀秀诧异地说："不是我，我啥都没做！"

夏梓柠吃惊地瞪大了眼睛："啊，见鬼了？"

夏梓柠不知道的是，这个"鬼"就在她身边。

2

夏梓柠一头雾水地回到家，江泓问她："郝老师给你们上课了吧？"

"是啊。你们不愧是闺蜜啊，时刻关注着对方的新动向。"忽然，夏梓柠联想到豆秀秀写满诧异的小表情，恍然大悟，"难道，老妈，郝老师重登讲台，原来是您搭救的？"

"其实我也没做什么。本来你郝老师也没啥事，就算我不说，学校也很快就会搞清楚的。"江泓把夏梓柠脱下的校服挂在衣架上，语气清淡如水。

"老妈，您就给我讲讲呗！"夏梓柠摇着妈妈的手，撒娇道，"就当免费培训培训我，好不好？"

江泓无奈地点点女儿的额头："你呀，甩不掉你这个橡皮糖，好吧！"

原来，谷一农老师讲座结束之后，董校长将他请到会议室，专门请教关于学生成长和心理教育等方面的问题，并向谷老师道谢。作为鹏举中学的心理健康课老师兼学校心理咨询室创办人和掌门人，江泓自然列席了这次会议。

会议结束后，江泓趁机向董校长提起了郝老师的问题。

"江老师，我也正好想就这个问题向你请教，到我办公室详谈吧。"

3

"江老师，你先看看这封信，是郝婧容老师发到我的电子邮箱里，我打印出来的。"

江泓急切地读完，不由得赞叹道："郝老师果然是一个有眼光、负责任的老师。她的想法非常好，对学校发展和孩子们的成长肯定大有好处。"

董校长又把一个信封递给江泓："你再看这封。"

这是一封手写信，信纸是作文纸，字体稚嫩，一看就是孩子写的。

江泓奇怪地问："董校长，为什么让我……"

校长笑着说："因为你有心理咨询师的资质，是专家，我需要你给出专业意见。"

江泓将手写信反复看了几遍，笑道："恐怕不止这么简单吧？"说着，将信轻轻放在校长的办公桌上，"这封信既然反映的是郝婧容老师，写信人一定是她的学生。信是用彩色油性笔写的，字体规整，肯定出自女生之手。而我女儿恰巧……"

董慎之校长打断江泓的话，连连摆手："对不起江老师，你一定误会了，我丝毫没怀疑你女儿。"

江泓笑了："是您误会了我，董校长。我想说的是，既然写信人是女生，又是我女儿的同班同学，或许我女儿可以提供一些信息，便于您了解情况。对不？"

"什么事都逃不过心理咨询师的法眼，我是有这样的打算。"

收到信的这几天，董慎之校长颇为费神。根据信的字体和内容判断，写信者应该是一个来自农村的女孩子，一个学校特招的扶贫优等生。而在郝老师担任语文课的班里，只有豆秀秀符合这个条件。虽已锁定目标，但董校长仍未直接和豆秀秀正面接触，他担心稍有不慎，会伤害原本已像受惊的小鹿般敏感的豆秀秀。

"董校长，既然这样，我就说句不符合我身份的话。事情还没搞清楚，就不该让郝老师停课，应该尽早让她复课，同时进行调查。您宅心仁厚，既然能为豆秀秀考虑，为什么不能为郝老师考虑呢？"

"这么做恰恰是在为郝老师考虑。"董校长长叹了一口气，"唉，我有幸得集团公司领导信任，被委派管理这所学校，岂能不知道你说的做法更妥当？收到豆秀秀的信后，我第一时间就找郝老师了解了相关情况。既然豆秀秀是在心怀怨气的情况下向学校反映情况，如果让郝老师正常上课，闹不好会让矛盾升级。这样既会对学校造成不良影响，也会对豆秀秀的成长不利，还会让郝老师的形象在学生面前大打折扣。当然，我也知道，处理这件事未必没有更好的办法。"

"我理解董校长的难处，但我个人认为，这样做不仅对郝老师不公平，还会对学生造成一种误导：即使毫无根据地投诉老师，学校也会不分青红皂白先停掉这位老师的课。"

董校长把两封信小心地放回档案柜里，并锁好，对江泓说："之所以让你看这两封信，是因为我觉得郝老师这封信极可能是豆秀秀投诉她的诱因。也就是说，这两封信是有联系的。你只有了解事情的原委，才能做出精准判断。"

董慎之校长很赞同江泓的观点。豆秀秀同学现在已有悔意，敌对情绪缓解了许多，那就应该立即让郝老师复课。至于通过夏梓柠了解豆秀秀的想法，他已经改了主意。她们俩毕竟都是小孩子，让孩子扮演不该她们扮演的角色是不负责任的。

4

"老妈，郝老师和秀秀的信里都写了些什么？"夏梓柠心里忽然伸出千万只手，每只手都想抓那两封信。

江泓用责怪的眼神看向女儿："你问这干什么？这可是机密！我不是说过不让你管吗？你只是个孩子，一个初中生，不要有拯救地球舍我其谁的想法哦！"

"妈，我已经管了，难道我犯了什么滔天大罪吗？"夏梓柠受伤似的对妈妈大吼。她心里很委屈。矛盾的双方一个是她喜欢的老师，却被停课了；一个是她的同桌，却在错误的泥潭里越陷越深。她作为警察和心理咨询师的女儿，怎么能袖手旁观呢？

"管啦，怎么管的？你就是一个小泥鳅，能翻什么大浪？"江泓说完，竟然被自己说的"小泥鳅"这个词逗乐了。

夏梓柠没有笑，但对妈妈免费送她的"小泥鳅"的绰号也没有生气。"其实也没管什么，更没管成什么。"她的话像绕口令，把自己都快绕晕了。老妈说得对，自己不是小泥鳅是什么，明明走到校长办公室门口了，却临阵脱逃，这算什么？逃兵！校长又没长三头六臂，又不是凶神恶煞，怕他干啥？如果她再勇敢点儿，或许郝老师能早点儿复课呢！

江泓见女儿闪烁其词，便不再追问。

夏梓柠窝在沙发里，选择一个最合适的角度靠着，任由舒适感瞬间弥漫全身。她瞬间忽略掉和妈妈交锋受挫的不悦，开始转念为自己拍掌叫好：是我，是我，还是我！夏梓柠，凭聪慧无比的大脑，第一时间判断出造成郝老师含冤停课的是豆秀秀。原因很简单，豆秀秀因旷课被学校德育处的巡检老师发现，扣了班级的量化分，她因此受到班主任安老师的批评，心怀怨恨但又不敢在班主任身上撒气，就把怨气转嫁到"软柿子"郝老师身上。正因为她及时识破豆秀秀的"嫌疑人"身份，才有了后来的"节节胜利"。

夏梓柠更钦佩郝老师。被学生冤枉后竟然还坦承是自己的错，竟然叮嘱不要跟豆秀秀计较，竟然不顾被挤倒的危险为伤害自己的学生要了作家老师的签名书！她本能地走到自己的小书架前，那上面摆着妈妈请作家亲笔签名的书。轻轻摩挲着它们，夏梓柠似乎感到了作家丰沛的才气和宽阔的胸襟。

见女儿站在书架前久久发呆，江泓心疼地也是自我解嘲地说："唉，你呀，对老妈的话一贯阳奉阴违。这样吧，既然你已经插手了，证明咱也是一个战壕的战友了，我就告诉你吧！但以后你一定要把全部心思放在学习上，下不为例啊！"

5

尊敬的校领导：

　　近日媒体上正大力宣传这样的新闻：我国流落海外多年的一个国宝级的瓷瓶，被一位爱心收藏家以天价买下后捐献给国家。这件国宝级文物的回归，引起了国人对艺术品的热捧。鉴于此，我建议，校领导可考虑增开一门陶艺课，辟出专门教室，聘请我市的著名陶艺师前来授课。这样既能增强孩子们的劳动意识、动手能力和团队协作精神，又能继承和弘扬我国的优秀传统文化……

郝婧容

×年×月×日

　　听了妈妈对郝老师信的复述之后，夏梓柠心里不以为然。她似乎明白豆秀秀投诉郝老师的原因了。

　　——马上要升初三了，学习越来越紧张，做不完的课上课下作业、应对不及的大小考试，如果在学校里还要增加几门中考范围以外的所谓兴趣课程，即便时间像海绵里的水，但无数双手都在挤——自己挤、家长挤、老师挤，海绵都被挤碎了，还有水吗？再说了，挤水不得有力气吗？可是他们这些可怜的孩子，已经用上吃奶的力气了。如果再增设陶艺课，能吃得消吗？传统文化、劳动意识、动手能力固然重要，但对于初三的学生而言，升学考试才是重中之重呀！再说，一个女孩子，如果将自己弄得满身满脸满手都是泥浆，哪还有学习的心情啊？

　　她看看自己的手，很细很嫩，这哪是做陶艺的手啊？她能想象学习陶艺之后，手上的皮肤极可能会变得粗糙发黑。她虽然不是娇气包，但也不喜欢自己的手变得粗大、难看。

她认为，郝老师向校长提这个建议，完全没设身处地地站在豆秀秀的角度来考虑。秀秀是农村孩子，家境不好，父母对她寄予厚望，这肯定会让她觉得压力特别大。在一群家境优裕的同学面前，"扶贫生"的身份又给她增添了不小的压力。她该怎么实现父母寄予的厚望呢？只有拼命学习！她该怎么报答学校破格录取的恩情呢？只有玩命学习！如果宝贵的学习时间一再被压缩，她能不急吗？一急，就投诉想出这种"馊主意"的郝老师，难道不是顺理成章的吗？

夏梓柠转念一想：不对，郝老师给校长写信，以及写信的内容，豆秀秀怎么可能知道呢？自己想多啦！看来这福尔摩斯还真不好当呢！

"小蔷薇，你在哪儿神游呢？把老妈当空气啦？"江泓见女儿出神的样儿，怕她钻牛角尖，赶紧把她从纷乱的思绪中拉回来。

"哦，我在想，"夏梓柠舌头有点儿打结，"豆秀秀的信上写了什么？竟然让郝老师受那么大的委屈？"

"其实也没什么，她就是告诉校长，郝老师对学生的态度有问题。"江泓尽量让语气平缓。

"对学生的态度有问题？怎么可能，豆秀秀血口喷人！"夏梓柠大叫。

江泓告诉女儿："秀秀就是这么写的。她说，郝老师歧视农村孩子，郝老师认为他们不该来鹏举中学这样的名校上学，认为学校每年都给农村孩子留一些宝贵的招生指标纯属多此一举。"

夏梓柠被惊得一激灵，天哪！豆秀秀这家伙够狠的，这样投诉郝老师，怪不得她会被停课呢！不能平等地爱学生，歧视农村学生、贫困生，质疑学校有爱心、有情怀的扶贫行动，这样的人……还有资格当教师吗？

夏梓柠迅速搜罗记忆，她发现，郝老师在课堂上说的话纯粹是为了鼓励像豆秀秀这样的孩子，但显然被豆秀秀误会了。

她忽然想到一个问题，纳闷地问："一个初二学生短短几句话的信，就能让老师停课吗？是不是还有其他原因？或者说，是不是还有其他人投诉郝老师？"说到这儿，夏梓柠有些自责：为什么这么口是心非呢？是跟妈妈耍心眼儿，还是在刻意冤枉她一向喜爱的郝老师？但她随即便释然：这是为同桌"开脱罪责"呢，自己有一颗多么善良的心啊！

"当然不是，学校怎么可能单凭一个孩子的信，就武断地让一个优秀的老师停课呢？更何况这封信很可能是恶作剧呢！"

听了妈妈的话，夏梓柠对自己的判断颇为得意，心里也释然不少。看来，造成郝老师停课的"真凶"另有其人。

然而，江泓另一句话又让夏梓柠的心坠入冰窖中。她心里掠过一丝寒意，这可是火热的夏天啊！

"豆秀秀的爸爸还从外地打电话来告郝老师。"江泓的语气里满是愤怒，"你想想，不是她指使的还能是谁？"

七　说不出的真相

1

有了郝老师的语文课堂，夏梓柠的学习生活才重新步入正轨。

这周作文课上，郝老师拟了一个作文题目，要求同学们当堂写，两节课务必完成。

好几个男生立即发出了不满的声音："不公平，我们又没听！"

郝老师在黑板上工整地写下作文题目——《听作家的讲座》，然后转过身来，笑盈盈地说："刚才是谁说的？能不能站起来勇敢地给我们回忆一下，在学校特意安排看现场直播的宝贵时段里，你是怎样违反校纪做无关的事情的？"

这招立竿见影，教室里霎时一片静寂。

按照习惯，夏梓柠和豆秀秀在正式写作文之前必然会商量一番，交流一下各自的思路，请对方提提意见，反正郝老师并不要求当堂完成作文。但这次不同，当夏梓柠积习难改地向豆秀秀的作文本"图谋不轨"时，豆秀秀瘦瘦小小的身子将本子遮挡得严严实实，整得两个人都像做贼似的。夏梓柠的目光一时间完全失去了目标。

夏梓柠愣了一下，今天秀秀是怎么啦？莫非她要写一篇惊天地泣鬼神的大作，故而设置了如此高的"安保"规格？

于是，夏梓柠也赌气似的开始了写作。对郝老师的"复出"她没能帮上忙，郝老师布置的任务她可不能再掉链子。

此时，教室里很安静，空调的"嗞嗞"声和饮水机反复启动的声音似乎成了主角。

夏梓柠迅速理清了思路，她打算写郝老师为冤枉她的学生排队求取作家签名书的感人事迹。开头，她引用了宋代理学家朱熹关于读书的诗："半亩方塘一鉴开，天光云影共徘徊。问渠那得清如许？为有源头活水来。"接下来，她准备用一组排比句对这首诗进行诠释，然后自然过渡到作家老师的讲座内容。

她浮想联翩。讲座内容的精彩，同学们争先恐后求取签名书的踊跃，成长过程中老爸老妈"软硬兼施"让她读书的点滴事情，一幕幕涌上心头。奇怪的是，豆秀秀与家人告别的场景也来凑热闹。秀秀和家人难舍的眼泪、一步三回头的留恋，家人伫立村头对她频频挥手的动作，竟如此清晰地浮现在眼前。实际上，豆秀秀家在哪儿、家有几口人、家境怎么样……她都一无所知。

夏梓柠决心写出一篇震惊同学、感动老师的文章，以此作为"回击"豆秀秀的利器。

2

看看黑板上方悬挂的石英钟，距下课仅剩十分钟，夏梓柠终于写完了最后一个字。她轻舒一口气，看着自己新鲜出炉的"杰作"，目光中流露出掩饰不住的得意。

忽然，豆秀秀把作文本举过"三八线"，故意压在夏梓柠作文本上面。夏梓柠立即警觉起来，刚才看一眼都不让，此刻竟然这么主动，豆秀秀究竟搭错了哪根筋？其中必有阴谋，必须时刻做好防诈准备。

没想到，第一行字就触目惊心——《我最后悔的一件事》，豆秀秀竟然改了郝老师的题目。

不用看就知道秀秀要写什么，夏梓柠怀着想验证一下的想法往下读。但仅读了一段，她便完全陷入秀秀用文字营造的世界里了。

3

那天，豆秀秀莫名地心慌意乱，她放心不下奶奶，就用广场上的电话跟奶奶通话，问她身体怎样。不料，奶奶的一句话把她吓得心差点儿跳出来——奶奶告诉秀秀，她老爸要到城里打工了。

"你咋不拦住我爸啊？"秀秀急得大叫。

"就他那个牛脾气，谁拦得住！"奶奶喘着气说。

情急之下，豆秀秀决定回家一趟。她不知道自己能否阻挡住爸爸离开家的脚步，但她非常清楚，多病的奶奶需要照顾。

秀秀之所以没请假，是因为第一时间没找到班主任安老师，她暗自舒一口气。这次请假的理由，一两句话根本说不清，即便能，她也不太愿意说。

鹏举中学管理严格，没请假条是出不去校门的。无奈之下，豆秀秀只能"以身试法"。

她向班长要了一张空白请假条。这种请假条是供有急事需要请假，但又找不着班主任时使用的，已由安老师事先签上了大名。回到家之后，请假者必须电话告知班主任请假的事由。当然，班长也会第一时间向班主任汇报。

回到家，老爸已经收拾好了行李，一条半旧的蛇皮袋包裹了奶奶和她的不舍。看架势，如果不是豆秀秀发了狠话，务必让老爸等她，否则他早已坐上驶向远方的汽车。

"爸，不去不行吗？"秀秀的声音还算平静。

"都跟包工头说好了。"老爸的声音更平静。

"我奶咋办呢？"秀秀带着哭腔说。

"你奶说，她身体还硬朗，没事。"老爸看了一眼蛇皮袋。

"要是我妈在就好了！"泪，不争气地流下来，豆秀秀看向别处。

"别提她！"老爸暴怒起来，拎起蛇皮袋就走。

妈妈到城里打工，此后便杳无音讯，村里人都说她不回来了。但豆秀秀根本不信，那么好的妈妈，怎么会？她坚信，一定是因为某种原因绊住了妈妈回家的脚步。再说了，老爸脾气那么坏，就算妈妈做出某些"出格"的举动也不是毫无缘由。

豆秀秀不再阻拦老爸。她知道，老爸之所以出去打工，一方面是为了给家里挣钱，另一方面更是为了寻找妈妈。不管他说话如何强硬无情，其实心里自有一片柔软的地方。可是，天高地阔，人海茫茫，要找一个人，岂不是大海捞针？

但想到年迈多病的奶奶，想到不知身在何方、近况如何的妈妈，想到自己以后肩负的重任，豆秀秀眼前一片迷惘。

老爸已拎着那个大大的蛇皮袋出了门。刚走几步，他倔强的背影就在秀秀的泪眼里模糊，渐渐消失了。

秀秀的脑海一片空白，她无助地和奶奶搂在一起。

"秀秀乖，别哭，爸爸妈妈很快就回家了！"奶奶慈爱地抚摸着孙女的秀发，"坐下，乖，奶奶给秀秀擀最爱吃的小葱鸡蛋面。"

家里养的几只鸡也似乎感受到了秀秀的悲伤，无声地围拢在她和奶奶脚边。

4

后面的情况，夏梓柠都知道了。

秀秀小小的心房被悲伤完全占领，她又担心奶奶，既忘了回家后第一时间给安老师打电话汇报，又未能按时返校。很快，工作严谨的德育处老师便发现了豆秀秀"出逃"的事情，扣了初二（1）班的量化分，整个班级为此"蒙羞"，班主任安老师"龙颜"大怒。

事实果然如夏梓柠设想的那样，豆秀秀没敢向班主任叫板，她把怨恨和失望的矛头对准了郝老师。

我小时候做过的最后悔的事是把邻居小伙伴的玩具偷偷藏起来，让她整整哭闹了一天。当天夜里，这个小伙伴因此发烧，被她的爸妈送进了医院。没想到，长大以后，我又做了傻事，让我深深自责。夜深人静，难以入眠时，我反复问自己：你算是一个品学兼优的学生吗？你值得这么好的学校把你特招进来吗？

这是豆秀秀作文的结尾，是用红色笔写成的，而其他文字都是黑色笔。夏梓柠不由得替秀秀担心："秀秀，这可是作业，不允许用红色笔书写啊，你这么任性，不怕郝老师批评你吗？"

把豆秀秀的作文本贴在胸口，夏梓柠两眼湿湿的，她觉得自己太不了解豆秀秀了。这个近在咫尺的同龄女孩，却又显得那么遥远。自己心安理得地享受父母的宠爱时，她竟然在默默经受着如此多的磨难！

"秀秀，你写得真好，真感人！"夏梓柠表情严肃，由衷地称赞这篇文章。

"是吗？"秀秀眼睛里闪耀着神采。

还没等夏梓柠指天发誓，证明自己所言非虚，豆秀秀下一步的动作已把她惊得目瞪口呆。

她把这篇文章从作文本上决绝地撕下来，再撕成一缕一缕的纸条。

"作为咱俩的秘密好吗？"豆秀秀满怀热切的期望，看着夏梓柠，"这样的话，我写这篇文章的目的就达到了。本来想当面告诉你，但实在不好意思，就写下来了。"

夏梓柠频频点头。

看来，豆秀秀还没有真正想开，还在怨恨郝老师。自己一定要多下功夫，尽快帮秀秀走出这片阴霾。但自己身单力薄，"功力"不够，需要请老妈"出山"。想到老妈，夏梓柠不由得又想到老妈说的那个令她震惊的消息：秀秀指使她老爸给校长打电话告郝老师。唉，从豆秀秀撕作文的表现来看，这也许不是空穴来风。

秀秀把纸条揉成一团，潇洒地塞进垃圾袋，表决心似的说："放心吧老夏，我不会不交作文的，我还算是个好学生，是吧？我会跟郝老师说，我明天交。另外，虽然郝老师又能给我们上课了，但我还是想给学校再写一封信，为她彻底平反。"秀秀笑了，目光像两支小火炬，黑黑红红的面庞像极了一朵盛开的蔷薇花。

瞬间，夏梓柠又怀疑自己刚才的判断错了。她开始相信秀秀，她绝不会指使自己的老爸告老师。

心有疑问却又不好当面直接问，就索性梗在心里吧。夏梓柠心里一动，忽然萌生了一个问题："我说秀秀，你喜欢陶艺吗？"

"什么是陶艺？"未等夏梓柠给她解释，豆秀秀已恍然大悟，"我知道了，是制陶吧！像青花瓷什么的。喜欢呀，超喜欢！我这柴火妞，就是玩泥巴长大的。"

夏梓柠带着一副掩饰不住的惊讶表情说："你还知道青花瓷？"

趁着同学们把作文本交给小组长的混乱时刻，豆秀秀大声说："你这是在骂我孤陋寡闻吧？周杰伦的歌，谁不知道？告诉你你也别眼红，关于陶艺我知道的多了。"说起陶艺，豆秀秀就像进入自己的"专业领域"，眉眼舒展开来，脸上的阴云霎时随风飘散。

豆秀秀的眉飞色舞不仅没让夏梓柠反感，反而令她豁然开朗。且莫说秀秀压根儿不知道郝老师向校长建议开陶艺课的事，就算知道，她也绝不会因此投诉郝老师。

小组长们纷纷往课代表手里递交各小组的作文，豆秀秀则向离开教室的郝老师跑去。看着同桌富有弹性的步子，夏梓柠若有所思。

她想，有时间一定要把豆秀秀的"身世"详细讲给妈妈，请她亲自为豆秀秀"减减负"，到妈妈大显身手的时候了！她坚信，不论是凭妈妈的热情善良还是责任感，她都会爽快答应的。最不济最不济，使出"一哭二闹三上吊"的招数，妈妈也得答应！

然而，出乎意料的是，妈妈，一个优秀的心理咨询师，竟然先出现了心理问题！

致青春·成长书系

八　打开心结

1

月亮柔和的光华和路灯的光晕交相辉映，温情脉脉地筛在身上，斑斑驳驳的，充满了童话色彩。夏梓柠兴冲冲地往家走，一路哼唱着歌，一蹦三跳。时间是一条神奇的河流，一下将她送回幼儿园时代。

家里静悄悄的，也没开灯，黑暗让寂静霎时有了逼真的尖角和质量。夏梓柠心里嘀咕：老爸因忙于案子三过家门而不入，难道老妈也不在家？

校园的灯光从窗户透进来，夏梓柠慢慢适应之后，借着这朦胧的光，发现妈妈在家，正躺在沙发上。

夏梓柠吓了一跳，慌忙打开灯，问："咋啦老妈？病啦？吃药没？我爸呢？告诉他没有？"

连珠炮似的问题终于换来了回应，"我没事，躺会儿就好了。"妈妈有气无力地说。

夏梓柠更吃惊了，这不是妈妈一贯风风火火的风格嘛！她探下身去，用额头抵住妈妈的前额，连珠炮继续轰炸："快告诉我，到底哪儿不舒服？要不要去医院？要不要我给老爸打电话，让他火速英雄救美？"

江泓坚定地摇摇头。

"既然不舒服，今晚您就别再写论文了，好好歇歇吧！"

提起论文，江泓猛地坐起来。

夏梓柠笑了："妈，您老人家是自虐狂吧？怎么一提论文就像打了鸡血似的？"

"鸡血？毒药！论文现在是我最大的仇人。"一句话仿佛已透支体力，江泓又慵懒地歪下去。

2

夏梓柠为妈妈剥了一个柑橘，递到她面前，责怪道："妈，您快把我吓死了，还以为您生病了呢！您这是心病啊，难道成天解决别人心病的人竟然也会得心病？"

"当然了，心理咨询师在听人倾诉时，必须让自己化身为一个垃圾桶，还是永不溢出、毫无怨言的那种优质品牌。你想想，盛的垃圾多了，可不得生病？"嘴里塞有橘瓣，江泓的口齿有些不清，"这篇论文，我动笔时太过自信了，但写着写着才发现材料根本不够。最可怕的是，论点上我也说服不了自己，这几天老想着另起炉灶，老在怀疑自己是不是错了。看来，我骨子里眼高手低的毛病是没治了。"

夏梓柠大受触动：怪不得自己也眼高手低，原来根源在这里。上次做数学题，明明可以解出来，并且可以用不止一种方法抵达成功的彼岸，但费尽九牛二虎之力，竟然失败了，最后还是"不耻下问"地向豆秀秀求救才搞定。唉，不能不说，基因真强大！想着，夏梓柠不由得有些丧气。

幸亏她及时想到了老爸，便又兴奋起来。因为有老爸的基因在，自己应该具有成为狄仁杰这类神探的潜质的。受老爸影响，她课余喜欢看破案、悬疑题材的电影、电视剧，也爱读推理断案的书。瞬间，夏梓柠心情的主调又变成了得意。她建议妈妈，先把论文放一放，或许无心插柳柳成荫，没准休息会儿就豁然开朗、文思泉涌了呢。

然而，事实上是，搁置下来后，江泓才华的泉水不仅未喷涌而出，就连写下去的勇气也被摧毁了。

3

"老妈，我有个建议，要不要屈尊听一听？"夏梓柠言及此处，戛然而止。

江泓认真地盯着女儿的面庞，等着她给自己支招。

"到农村去，到贫下中农同志们中间去！"夏梓柠故意说得幽默风趣，她怕刺激妈妈。

"农村？我不去！"江泓似乎瞬间成为蹦床运动员，一激灵弹了起来。

"老妈，您别急嘛！您想想，您的论文写的是农村留守儿童，这是多么有情怀的大善事。现在您已经发现材料不够了，正好去搜集一下嘛！"

"我再说一遍，我死也不去！"江泓"凶残"地指着夏梓柠，"你要是再劝我，你就不是我闺女！"说完，怒气冲冲走进了卧室。

夏梓柠愕然。她完全没想到老妈会这么火光冲天，会这么自毁形象，会这么不顾及女儿的感受。之后便是伤心，更是对老妈的担心。

这之前，妈妈的心情一直很好，这足见她的论文写作很顺利。但让夏梓柠不明白的是，她为什么写着写着就不顺利了。写作有那么难吗？她想起豆秀秀那篇勾起她眼泪的文章。

　　一个孩子当然不清楚写论文的艰辛。江泓不愿去农村亲自搜集资料，就拜托郝老师的一个农村亲戚帮着搜集。这位亲戚的眼光、水平诸方面都与江泓不可相提并论，他搜集来的资料只是自己的"想当然"，相当一部分做不了江泓的论文素材。

　　于是，那个疑问又在夏梓柠脑海里不由自主地蹦了出来：妈妈为什么那么讨厌农村呢？苦思冥想之后，她忽然想起一件事，心里平地起惊雷，喃喃道："难道是因为……"但她又极力否定自己，"不会吧？根本不可能！"

4

　　那还是好几年前的事情，大人们老说往事如烟，但夏梓柠觉得，往事，不管大小，既然发生过，就会留下痕迹，不论这痕迹是深还是浅。那年，她该入学了，这可是件大事、喜事。开学前，爸爸开车载着她们母女俩回农村的奶奶家。在她记忆里，那天天特别蓝，衬着几朵随风而动的白云，这让她联想到动画片里的很多场景。

　　爷爷已经去世，奶奶、大伯、伯母，还有堂哥、堂姐热情地接待了他们一家。奶奶到村里的集市上买了肉和新鲜蔬菜，大伯特意买了夏梓柠最爱喝的儿童奶。

　　吃完饭，夏梓柠的老爸忽然想到老宅看看，追寻一下少年时光，夏梓柠母女俩自然而然跟着他。老宅破旧不堪，像一位风烛残年的老人，随时都会倒下。老宅前面偌大的空地上，杂草齐膝，一片荒芜。

　　在老宅前，夏天宇伫立许久，面如寒冰，一言不发，只是紧紧拉着身边的妻女。从老宅回来，他问夏梓柠的大伯："老屋那么破旧了，咋不修修呢？"

"修也没人住，不还得在那儿空着？"大伯剔着牙，口齿不清地说。

夏天宇被噎了一下，表情有些不自然。他停顿了一下，感叹道："老宅是咱爹娘辛苦建起来的，是咱兄弟俩长大的地方，荒废掉太可惜了！"

"哪有钱往那儿扔，你要愿意出钱，我明天就修！"大伯将牙签扔进垃圾篓，喝了酒的面庞因激动而更加酡红。

"老宅里我栽的树呢？"

大伯满不在乎地说："我卖了！"

"你……"夏天宇还想说什么，被妻子用眼神制止了。

日已西坠，要回城了，车缓缓驶过村庄唯一的那条大街。江泓对丈夫说："别跟大哥计较了，他说得对，老屋修好也是空着，乱花钱。"夏天宇点点头。

"还有，树卖就卖了吧，或许大哥没顾得告诉你，后来一忙就忘了呢。"

"那几十棵树可是我上大学时辛辛苦苦买来栽上的，用的是我在运动会上得的奖金和奖学金。"

"别计较了，也值不了多少钱。"江泓拍拍丈夫的肩膀。

刚下过雨，土街上满是泥泞，车辙里还有浑浊的积水，几只鸡仿佛发现了宝贝，正伸长脖颈儿啄着泥。夏天宇将车开得很慢，一方面怕泥水溅到行人身上，一方面想着若是见到儿时小伙伴，还能打个招呼。

忽然，车陷入泥坑里。夏天宇狂踩油门，泥水飞溅，车轮直打滑。

"你来开，我下去推车。"他说着，和江泓在车里调换了位置。

一个和夏梓柠大伯年纪差不多的村民见状，先搬来几块砖垫在车轮下，再与夏天宇合力将车推离了"险境"。

夏天宇递上香烟，频频道谢。村民热情地说："天宇，你考出去了，和咱村离得也不算远，以后还是多回来几趟吧。"

夏天宇点头称是。村民又说："听你大哥说，你既不回来，也不给老人钱，丢下一个老太太全靠他养着。你大哥养大一双儿女，也不宽裕，儿子眼看着到了娶亲的年龄，再这样村里人要说闲话哩！你在公安局工作，可是咱村的骄傲啊！"

夏天宇口中"哦哦"应付着，告别了自己出生并长大的村庄。

夏梓柠看到，妈妈的脸色霎时变得难看起来，一路上几乎没说话。于是，在小小的她眼里，天的颜色就不再那么好看了，云也没来时那么活泼可爱了。

——这件事只有一小部分出自夏梓柠的记忆，绝大部分来自妈妈的讲述。一遍遍地讲述，在夏梓柠脑海里打下了深刻的烙印，以至于她能像"模仿秀"演员一样将其背出来："天宇，你大哥也太自私了，明明是咱一直往家里寄钱赡养着小蔷薇的奶奶，怎么全变成他的功劳了？你栽的树，他一声不吭就卖掉，卖的钱不仅不分给咱半分，还想再跟咱要钱，咱的钱是大风刮来的吗？"

夏梓柠每次绘声绘色复述一遍之后，夏天宇就会笑着夸女儿："我们家小蔷薇将来一定能当央视大主播！"接着便对妻子说："当然，首先是你这当妈的引导教育得好，才培养出我们这么棒的女儿！"

从此，妈妈就没和大伯再见过面，大伯少不了在背后说些对两家关系不利的话，这些话几经辗转又传到妈妈耳朵里。妈妈拿到心理咨询师证书后，除了鹏举中学原本的教学工作，还兼顾校内校外的心理咨询工作，她更没时间去看夏梓柠的奶奶了。

因为妈妈，夏梓柠自然也和农村有了隔阂。妈妈不喜欢农村和农村人，她也不喜欢，她必须和妈妈成为一个阵营里的"战友"。

看来，要想帮妈妈恢复写论文的自信，必须动员她到农村去采访，以此来补充材料。

夏梓柠像聪明的一休一样，把双手放在头上，手指转动，似乎这样就能帮助她的脑袋瓜转动一样。

别说，这招还真管用，夏梓柠竟然转出一个好主意！

当然，这个妙绝的主意首先需要一个重要人物来配合。

5

听了夏梓柠的"最新发布"，豆秀秀头摇得像拨浪鼓："不行不行，我不敢！"

夏梓柠说："豆秀秀同学，还想不想当好朋友了？这点儿小忙都不帮，还指望你上刀山下火海吗？"见豆秀秀满脸错愕，夏梓柠口气便软下来："我妈是论文控，要靠这篇论文获国际大奖呢，现在就靠你了！秀秀，你小人家坐下别动，我给你接水去。我对着讲台上方的石英钟郑重发誓，只要你答应，以后不管你喝多少水，我全都包了，时限直到我妈写出论文为止。"

原来，夏梓柠的主意就是让豆秀秀出面，央求江泓到她老家去。理由嘛，就说奶奶因为爸爸去打工，想不开，吃不下饭，睡不着觉，急需心理疏导。当然啦，夏梓柠自然不会把一些细节，比如妈妈写论文"江女才尽"、讨厌农村和农村人等"爆炸性信息"向豆秀秀爆料。

在豆秀秀看来，不能不说夏梓柠这个主意很靠谱。如果夏梓柠妈妈答应去她的家乡豆花蹊，肯定会得到很多的一手资料，文字的、音频的，甚至视频的，这对她完成论文将会大大有好处。但她同时又觉得，这对自己而言却是个"馊主意"。

她丝毫不愿意让别人知晓家里的窘境，尤其不愿意主动向别人敞开心扉，越是在熟悉的人面前她就越是本能地把自己封闭起来。这一点夏梓柠显然没考虑到，她只顾担心妈妈却忽略了豆秀秀的感受。

但豆秀秀并不埋怨夏梓柠，一瞬间她考虑的并不是自己，而是担心奶奶。奶奶年纪大了，身体不好，如果夏梓柠的妈妈大老远到了豆花蹊，仅和奶奶、邻居谈谈，搜集的素材恐怕远远不够。以奶奶的厚道和热心，她肯定会亲自张罗，请一大群村民到家里来，甚至带着夏梓柠的妈妈到村里的学校去实地采访。这样的话，奶奶的身体吃得消吗？如果有个三长两短，该怎么办？

6

的确，夏梓柠并未设身处地为豆秀秀奶奶着想，因为此刻在她心里排首位的是妈妈。让妈妈尽快完成论文，让妈妈恢复自信，让妈妈忘记和农村有关的不快，消除她对农村和农村人的成见。

同时，夏梓柠还酝酿着一个温暖的计划：豆秀秀的心境虽然好了不少，但心里的阴影仍未完全消散，需要妈妈出马帮助。而她正在计划的，正是一个可以实现"双赢"的妙招。

见豆秀秀不愿意配合，夏梓柠只得拿出她的"撒手锏"。

她口气柔和地告诉豆秀秀："现在你的嫌疑解除了，我本来就不相信

致青春 · 成长书系

你会故意陷害郝老师。"见豆秀秀忽闪着大眼睛，专注地看着她，她便话锋一转，用严肃的口气说："但我听说，正是因为你老爸打电话给校长，校长一怒之下才让郝老师停课的。"

豆秀秀气得秀眼一翻："胡说八道！是别人说的，还是你瞎编的？我爸爸只不过是一个老实巴交的农民，在外地打工，每天累死累活，哪有闲工夫给校长打电话？他怎么可能知道校长的电话？就算知道，他又怎么可能告郝老师的状？他连郝老师是谁都不知道。就算他想告，无凭无据瞎说一通，校长能信吗？再说了，闺女在鹏举中学上学，当老爸的怎么可能会告闺女的老师？除非他想让学校开除自己的闺女！"夏梓柠从未想过自己的同桌竟然如此善辩，不由得惊呆了，一时间张口结舌，无言以对。

7

碰壁之后，夏梓柠并不死心，她决定请郝老师出马，说服豆秀秀。

郝老师听了夏梓柠的设想后，不由得比出一个"OK（好）"的手势："和豆秀秀同学进行一次深入的交谈，多了解了解她，是我一直就在想的事情，只是因为杂事太多，还没抽出时间。夏梓柠同学，你真聪明，不仅替我想到了，还超出了我的预期。"

这天上完语文课，郝老师把豆秀秀叫到教室外，告诉她，近期要去她家进行家访，请她先做好准备。

"是心理上的准备，不是美食方面的准备哟！"怕豆秀秀紧张，郝老师幽默地说。

"老师，我……"她本来想说的是"老师，我爸爸不在家，家里只有奶奶，奶奶身体不好……"但出于自尊，她并未说出口。既然老师提出要家访，学生哪有当面拒绝的道理？再说了，她刚刚伤害过郝老师，于情于理都不应该驳郝老师的面子。

郝老师大度地笑笑："秀秀同学，过去的事，不提了！不打不相识嘛！"

豆秀秀知道，郝老师一定将她未说出口的话理解成"老师，我错了，我对不起您"了。虽然颇为委屈，但她并未申辩，也再没有拒绝的理由。

夏梓柠得到郝老师的反馈后，欣慰离成功又近一步的同时，她深知，该正面接触真正的"主角"了，该"主角"恰恰是最"大牌"、最"难缠"的。

8

傍晚，按照计划，夏梓柠从冰箱里拿出冰好的西瓜，精心切成数块，将其中一块递给妈妈。趁妈妈吃得津津有味时，她叹气道："豆秀秀同学这一段时间总是心不在焉的，估计是和郝老师的误会造成的阴影还没消除。老妈，有时间了能不能请您这武林高手出山，跟她谈一谈？"

"陷害老师的孩子，我不见！"江泓把瓜皮用力丢进垃圾袋里。

"老妈，如果大家的心理都无比健康，您不就失业了吗？可怜的豆秀秀正等着您伸出温暖的手拯救她呢！您忍心看着祖国的花朵枯萎吗？"说着，又递上一块西瓜，"再说了，您救秀秀就是救我。"见妈妈把目光从西瓜转移到自己身上，她故弄玄虚地说："您想想，同桌整天一张苦瓜脸，会不会让我心情抑郁？我心情一抑郁，能有心思学习吗？如果这样发展下去……"

"停！"江泓顺水推舟接过西瓜，"我除了答应，还有其他选项吗？"

"老妈真是活菩萨，我让豆秀秀到您办公室找您吧！"

"不，办公室不方便，我担心会对豆秀秀同学不利，让她到'读书角'吧。"

9

豆秀秀和夏梓柠按照约定的时间来到校园的"读书角"，江泓早已等在那里了。

"二位，本小姐引见完毕，告辞！"夏梓柠调皮地对妈妈一拱手，翩然而去。

接下来的时间里，在蔷薇花静静流溢的香气中，在亲切友好的氛围里，江泓用自己的专业知识，满怀爱心地向豆秀秀施予了一次"心灵按摩"。

谈话接近尾声，即将分别时，豆秀秀感叹地说："江老师，不，江阿姨，您说得太好了！我这些天的压力全部卸下了。"说着，竟然流下了眼泪。按计划，豆秀秀原本只是以一个"演员"的身份出现，没想到真的被打动了，但她并未忘记自己此番"出演"的最重要的使命，便央求江泓："江阿姨，我老爸前不久去外地打工了，剩下我奶奶在家，孤零零的，她一会儿担心我爸，一会儿担心我，整天吃不好、睡不着。我想请您到我家走一趟，好好劝劝我奶奶，最好批评批评她，不知道阿姨有没有时间？愿不愿意？"

江泓有些踌躇。她知道豆秀秀家住农村，来往不便，自己又很忙，加上论文的事情让她心力交瘁，实在分不出时间，也提不起精神，就说：

"秀秀，阿姨不是不懂你的一片孝心，我只是在想，不一定非要我出面，村里和你奶奶年纪相仿的老人，还有村干部都可以做到啊。"

豆秀秀语气沉重地说："您说的这些人都找过了，不管用，没办法，我就让我老爸隔三岔五打电话，但越打，奶奶的心思越重。"

江泓的善良和"职业病"果然被激活："你们村叫什么名字？"

"豆花蹊。"

"哪三个字啊？"江泓喃喃地说，"斗——发——西——？音乐里的三个音符名？"

"就是'大豆'的'豆'，'开花'的'花'，'独辟蹊径'的'蹊'。"提到家乡，豆秀秀的表情生动起来。

"哦，好美的名字！开满豆花的小路，走在这样的小路上一定能闻到淡淡的花香吧？有诗意！对了，豆花还是一种豆制美食呢，很美味，很有营养。"江泓下了决心，"不论哪种解释我都喜欢，冲着你们村庄的名字，阿姨答应了！"

事情就这样愉快地决定了。夏梓柠母女俩、豆秀秀和郝老师，由夏天宇驾车，在接下来的星期六到豆花蹊去。为此，夏梓柠特地上网查了那天的天气：晴，微风。体感舒适，宜远行。这在炎热的夏季，是个不错的日子！

九　豆花蹊

1

周五晚上，江泓坐在电脑前，认真准备着见秀秀奶奶要问的问题资料。这是她的习惯，像登讲台前必须认真备课一样。"阴谋诡计"得逞的夏梓柠则以胜利者的姿态舒适地窝在沙发里看电视。

忽然，她听见妈妈念叨："不对！不对！！不对！！！"三个"不对"一个比一个声音高。

夏梓柠心里升起一种"不祥"的预感，赶忙跑进书房："老妈，怎么啦，什么不对？电脑中病毒了？"

"不是电脑中病毒了，是我中病毒了，你就是那个大病毒！"江泓把鼠标在鼠标垫上连拍了几下，"说，是不是你挖的坑让妈妈跳？"

被妈妈识破了！这在夏梓柠意料之中。谁能把一位优秀的心理咨询师成功蒙在鼓里？除非他是更牛的心理咨询师，或者前者在装睡。

"是动了点儿小脑筋，但绝不是给您挖坑。"夏梓柠早已做好了预案，因此语速不疾不徐，"您是谁啊？我妈！我舍得挖坑让我妈跳吗？事实上是，既有让您到农村搜集写作材料的想法，也有帮助豆秀秀奶奶的意思。”

“那你就明说啊，干吗绕这么大一个圈子？”江泓气喘吁吁，仿佛刚从百米跑道上下来，“我单方面宣布，明天的计划取消。”

“取消就取消，大家早料到您会这样，所以就留了一手。”夏梓柠一副胸有成竹的样子。

“这么说，你们已经找好备胎了？”江泓有些受伤，“既然这样，当然也就用不着我了。”

夏梓柠指天发誓：“那怎么可能，我妈在心理咨询方面是最牛的，除了您，我们谁也不找。我是说，郝老师、我爸、我和豆秀秀都做了两手准备，如果您变卦，我们还有别的重要的事做。比如，我爸暂时还没跟领导请假。郝老师说您长期以来心里有阴影，肯定害怕去农村，不会跟农民交流，嫌弃农村人，所以她也做好了做其他事的准备。”

“你们简直……”江泓指着夏梓柠，“一群大骗子！谁心里有阴影？谁怕农村？谁嫌弃农村人啊？凭我这口才，与外星人交流也不在话下。”她右手攥拳，举在胸前挥了几下：“去就去，谁怕谁啊！”

妈妈是真心上当还是顺水推舟？被成就感击中的夏梓柠已无心思考，她暗暗为自己高如珠穆朗玛峰般的智商、情商连叫了几声好。

2

豆花蹊在溦颍市区南二十五千米的地方，村东一千米就是县级公路，有客运中巴经过，站在路边的简易站牌旁，不出半小时即可搭上车。豆秀秀若从鹏举中学回家，先乘中巴，再坐到村里的大篷车即可。但如果没背重物，她宁愿步行这最后一千米，既省了车钱，又锻炼了身体。

汽车在公路上轻快前行。好久没出来了，尤其是好久不往这个方向走了，夏梓柠觉得异常新鲜，看着窗外的汽车、高树一闪而过，疾速后退，她又生出一种时光倒流之感。

不知不觉地，她"扑哧"笑出声来。江泓惊诧地问："丫头，你笑什么？"

她想起从家里下楼时妈妈说的话了，妈妈问她："小蔷薇，你郝老师真那样说我？"

"什么？"夏梓柠假装糊涂。

"说我心里有阴影、嫌弃农村人什么的。"

"哪有啊，你们是闺蜜，郝老师啥脾气您还不知道，那些话纯属虚构，但欢迎对号入座！"

"哦。"

夏梓柠心里忽然亮了一下：妈妈一定早已识破了她的诡计，才故意给她面子，让她觉得自己是胜利者。想到"相爱相杀"的母女俩，既斗智斗勇又互相体谅，她心里瞬间像装了满满一罐蜜。

3

沥青铺就的路面，虽不宽，但很直很平，完全没有颠簸之感。路两边整齐种着杨树，伫立在蓝天下，像在迎迓他们。田里的麦子已经收割了，大地坦坦荡荡地露出褐黄的底色。有的田地已开始了秋耕，农民伯伯忙碌的身影给大地增添了更多的动感和生机。

在夏梓柠眼里，这景色很美，是和城市完全不一样的美。

一晃七八年没回奶奶家了，奶奶家的路想必也这样吧，没有了泥泞，没有了坑洼，下雨再也不会让爸爸下来推汽车了吧。

豆花蹑到了！

村庄虽然很小，但很有韵味。鳞次栉比的房屋，多是新建的楼房或平房，贴着或灰或白的瓷片。高的树、矮的花，错落有致，层次分明。殷勤的风跑过来，树叶的沙沙声和花的香气随风消散，令人心旷神怡。

"你们村不错嘛！看这房子、这街道，简直是花园啊！"夏梓柠啧啧赞叹。她不顾老爸反对，干脆揿下车窗，让饱蕴着田野气息的风吹进来。

豆秀秀说："这些房子都是村民们在外面辛苦打工，用省吃俭用攒下的钱建的。房子建好了，他们一年也住不了几天，家里大多由老人和孩子守着。"

"哦，这就是电视上说的空巢老人和留守儿童吧，他们正是我老妈研究的对象呢。"听了同桌的话，夏梓柠少不了一番感慨。

4

车停在距离豆秀秀家较远的空旷处，秀秀正好边走边为大家介绍邻居们的情况。

原来，邻居们之所以比赛似的建两层小楼，其中有不少不得已的原因。如果家有男孩，到了提媒论亲的年龄，家里一定要建楼房，至少是两层，否则会被女方一票否决。为了不被女孩家长嫌弃，村民们拼命在外面打工挣钱。

"不好意思啊，我家条件不太好。"看到自家大门了，豆秀秀惭愧地说。

一直没说话的郝老师安慰自己的学生："不要这样，秀秀，只要你好好读书，将来你们家在村里一定会成为大家羡慕的家庭！”

“说得对，就像你夏天宇叔叔一样！”江泓笑着告诉豆秀秀。

豆秀秀看看夏梓柠，两个人挤眉弄眼地看着夏天宇，笑了。

夏天宇故作羞愧地批评妻子：“一家人，哪有你这样老王卖瓜——自卖自夸的，就不能低调点儿？”他转而对豆秀秀说：“不过，你郝老师和江阿姨说得都对。只要好好读书，将来会好的。就像我，也出生在农村，小时候家庭条件也差，通过考大学这条路，不是慢慢好起来了吗？”

5

豆秀秀家在村子中间，前后左右都有人家。除了秀秀家是平房外，周围都是两层楼房，这样反而显得她家有点儿“鸡立鹤群”，就像被群山环抱的山谷，越发显得秀美可人。

秀秀家的大门建得颇为气派——高高的门脸儿，全用瓷片镶嵌着。大门两边贴着一副醒目的对联：鸿运当头日日喜，勤劳持家业业兴，门楣上方的横批是：幸福人家。

“奶奶，我回来啦！”豆秀秀声音甜得发腻，像一只快乐归笼的小鸟，向院中跑去。小狗早已嗅到了熟悉的味道，摇着尾巴跑出来迎接，见一下子来了一群人，忽然有些羞涩，但在小主人的抚慰下，很快恢复了常态，前头带路。众人说笑着向院中走去。

见乖孙女回来了，奶奶既意外又高兴，但她看到紧接着进入大门的夏梓柠等四人，旋即吃了一惊。

她将豆秀秀紧紧揽在怀里，声音有些异样地问：“你爸是不是惹祸了？”

"奶奶，我爸不是出去打工了吗？他会惹啥祸？"

"他到城里打工以前，给你学校打了个电话，说得很不中听。这不，学校派人来找事了吧？"

豆秀秀吃惊不小，她着急地问奶奶："到底咋回事啊，奶奶？您快说，我爸给学校打电话干啥？他都说了啥话？"豆秀秀边问边扶奶奶坐在院里的小板凳上。

夏梓柠的心也猛跳了几下，看来妈妈说的事情是真的，果然是豆秀秀的老爸给校长打了电话。不过她随即又有几分欣慰，看来秀秀一无所知，自然也不存在指使老爸做这种事。

豆秀秀的奶奶年纪大了，气力不足，说话口齿也不太清晰了，好在总算把儿子给学校打电话的事情，断断续续地说清楚了。

6

豆秀秀妈妈霍芳蕊外出打工之后便杳无音讯，因此她的老爸豆放的心情越来越糟。有心事的人是最敏感的，他能感觉出村里有不少人说他们夫妻俩的闲话，比如人们一看到他，就远远地走开，或者大家正嘻嘻哈哈时，见他来就忽然闭口不言，等等。

那天豆放喝了不少酒，酒劲上头，新愁旧怨也齐齐涌上心头，就昏头昏脑的。趁着酒劲，他拨通了鹏举中学校长室的电话。说起来，为了得到这个号码，他充分激活了自己的智慧。先从学校官网上找到招生电话，谎称暑假后要送孩子上学，想先了解一下情况，诱使热情的招办老师提供了校长室的电话。

电话里，豆放添油加醋地向校长反映了班主任对女儿如何如何歧视的事情。这些事情有的是他听豆秀秀回家无意间说的，更多的是他瞎编的。在他的印象里，班主任都由语文老师担任，于是，他在"告状"时自然而然地就把歧视女儿的场景"嫁接"在语文课堂上。

就这样，祸从天降，郝老师就被冤枉了！

"奶奶，我爸为啥要这样做啊？"豆秀秀气得直跺脚。吓得正幸福地卧在她脚边的小狗蓦地起身，疑惑地东张西望。

"咱家应该感激学校才对啊！"

奶奶骂道："为啥？他黑心白肝，没良心！那天他喝了大半瓶'猫尿'，先是哭，接着就打了那个电话。俺猜想，他已经下决心要出去打工了，又放不下俺，就故意找碴让学校开除你，让你回来照顾俺吧。"奶奶又叹口气："秀秀，你也别太怨你爸爸！"

"奶奶，您放心，我咋会怪爸爸呢？"豆秀秀的表情极不自然。

老爸，原来你竟然跟我一样浑啊！我是年龄小、不懂事，你是大人，咋也这么胡来呢？一时间，豆秀秀心中满是悔恨，因为老爸，更因为自己的恶劣行为。

明白了事情的原委，大家都唏嘘不已。

郝老师上前，拉着秀秀奶奶的手："大妈，您别难过，我们不是学校派来找碴的，放心吧！"

"我们是来找您老人家帮忙的。"江泓接过话茬。

奶奶不好意思地用双手搓着身上的衣服，这衣服是她为迎接客人特地新换的："真的啊，不是找碴？"她又疑惑地问江泓："俺一个病老婆子，又没见过啥世面，能帮啥忙呢？"

7

果然不出豆秀秀所料，奶奶除了耐心回答江泓提出的问题之外，还热心地招呼邻居们过来。

豆秀秀知道，一群穿着体面的城里人到家里来，奶奶既稀奇又自豪。因此，奶奶接下来无论怎么热心大爆发，她都不意外。

"奶奶，您身体没事吧？"夏梓柠体贴地问。

江泓也劝阻道："要不就这样吧，大娘，不然您还要东奔西跑地喊左邻右舍。"

"放心吧，我身体硬朗着哩！不好我儿子也不敢到城里打工不是？"

邻居们来了，偌大的院子瞬间变得热闹起来。

小板凳不够，有人就站着说话。秀秀家养的鸡也分外爱凑热闹，或许是它们觉得以往没机会见到这么多"洋气"的人，或许是闻到了这些人身上好闻的味道，纷纷围拢来。那只满身乌黑发亮、冠子又高又红的公鸡，尤其爱出风头，或许觉得自己颜值高吧，在人群中间迂回穿插，已臻忘我之境，秀秀奶奶连吆喝带驱赶，它仍然我行我素。其他鸡也受到了同伴的鼓舞，任性而欢快地叫着。

夏梓柠和豆秀秀一起，忙着端茶倒水。夏梓柠注意到，豆秀秀的脸上泛着光彩。看来，他们的到来，对秀秀和奶奶来说很重要。再看妈妈，眼神闪亮，表情亲切，足见她对热心的村民们不仅毫不排斥，反而还充满了喜爱和感恩之情。

这样的事情应该多策划一些，多让城里人来见见世面，亲身感受农村的美丽风光和农村人的纯朴热情，消除城乡民众间的隔阂。夏梓柠知道，不少城里人已经这样做了，趁周末或假期带着孩子到农村进行沉浸式体验，有的甚至租了一个农家小院或一块地。想到这些，她的心里暖洋洋的。

这是一个以繁忙为主题的季节。麦子要收，紧接着田地要种上秋庄稼。到外面打工的人们，大都回到了家乡，他们马不停蹄地完成这大自然早已规定好的一系列"工作"之后，又像候鸟一样飞到城里，留在村里的又多是老弱病残了。村庄，在短暂的热闹之后，又无奈地归于平静。生活像一个磨盘，又转到了令人沉重的那一面。

8

江泓从秀秀邻居口中了解到的信息和秀秀说的大同小异，只是更详细、更有血有肉一些。看来秀秀真是一个有心人，她对生活的观察和体会无疑是真切的、深刻的。小孩子竟然有这样的洞察力，江泓不由得感慨万端。

"现在农村生活好是好，就是村民们不重视孩子们的学习，要是你们能帮帮忙，改变改变大家的观念，俺们就感激不尽了！"一位邻居说。

"谁都怪不了，就怪自己！国家搞义务教育，你听话了吗？"另一位口气很冲地说。

"孩子不愿上，俺能咋办？"被抢白者面红耳赤地辩解。

"你能怪孩子吗？闺女想上学你不让，现在倒好，儿子让你惯坏了，不愿上，你又管不住。你呀，搬起石头砸了自己的脚！"

…………

大家你一言我一语，夏梓柠听着觉得很新鲜，她被这些话戳中了笑点，总是憋不住想笑。开始她还有些担心，怕这火药味十足的争论会导致矛盾升级。但奇怪的是，大家说话虽然刺耳难听，但又都只是说说而已，并没往心里去，她的担心纯属多余。

在短暂的时间里，她对农村、对农村人有了新的认识。看来这一次的豆花蹊之行，绝对是来对了！夏梓柠觉得，千言万语化成一句话：天下之大，还是那个叫夏梓柠的女侠无比"英明"！

夏天宇忽然问："刚才听各位老乡说，因为麦秋大忙，在外面打工的人都回来了，秀秀的老爸却没回。我不明白，这是为什么呢？难道秀秀家里没有庄稼要收要种吗？"

邻居们面面相觑。有的欲言又止，有的用胳膊肘搗搗对方，似乎都想把这个宝贵的发言机会留给别人。

终于，一位邻居说："秀秀爸出去得晚，再回来都把钱扔路上了，不划算。"

"秀秀爸出去打工前，已把收麦的事安排好了，地也让给别家种了。"另一位邻居补充道。

秀秀奶奶气愤地说："不回来还不是因为秀秀她妈！"老人家看了看孙女，忽然意识到什么，赶忙拉住秀秀的手，不说了。

江泓使劲剜了丈夫一眼，怪他乱说话，哪壶不开提哪壶。各家都有一本难念的经，何必残忍地戳破人家的伤疤呢？

已经掌握了秀秀家"内情"的夏梓柠发现，豆秀秀脸上刚才还焕发着的光彩被风蓦地吹散，眼里一下子盛满悲戚，眼泪在打转了，她也深怪老爸太没眼力见儿。

怎么办？作为他的孝顺女儿，她要代老爸"赎罪"。

十 美得不忍做梦

1

晚上，夏梓柠一行人未按计划回城，大家住在了豆花蹊。

毫无疑问，这又是夏梓柠的"杰作"。

豆花蹊的景色深深吸引了她，应该也吸引了爸爸妈妈他们。当然，更重要的是，因为爸爸的"没眼力见儿"，她觉得，今晚不能让秀秀落单。

她想给秀秀一个充实而难忘的夜晚。

"老妈，我觉得您掌握的材料好像还不够呢！"她试探性地问妈妈。为了避免豆秀秀受刺激，她没有对妈妈做出亲昵的举动。

江泓知道女儿的意思。这个鬼丫头，知女莫若母，你这个小小孙悟空怎能翻出我这当妈的手掌心？其实她也不想走，就像女儿所说，可以多搜集一些第一手资料，更重要的是，豆花蹊人的纯朴热情让她舍不得离开。平常工作太忙，好不容易有一个难得放松的机会，应该紧紧抓住才对。暗自思忖，她还是犹豫着说："不必了吧？邻居们那么热心，为我介绍得已经很多了，就不要再麻烦他们了吧！"

夏梓柠知道，妈妈还是放不下自己那点儿面子，毕竟她那些成见形成已久，让她"幡然醒悟"实在不能操之过急。

怎么办呢？那就需要一个叫夏梓柠的善解人意又乖巧孝顺的小公主来帮她一把了。

她把豆秀秀拉到一旁，两个人叽叽咕咕商量了一番，其间还夹带着比比画画。少顷，她走过来对江泓说："老妈，我和秀秀商量过了。你们回去吧，我在这儿住一晚，明天和秀秀一块儿返校，保证不误事！"

"这……"江泓犹豫着。平心而论，女儿身上虽然有一大堆优点，比如爱读书、善思考、热心肠，但作为豆秀秀的同龄人，她仍需要历练。如有可能，她倒希望两个孩子吃住都待在一起。她当然知道女儿在"要挟"她，在"逼她就范"，但她就是不爽快地答应，故意不让女儿的"阴谋"这么容易得逞。

"秀秀说，如果咱们今天在这儿住一晚，她明天会约几个在其他学校上学的小伙伴，来这里接受您的采访。您只采访大人，材料不一定准确，当事人亲自出镜会更好。"夏梓柠向江泓挤眉弄眼，"这条件够诱人吧？"

女儿这一招，江泓倒是没想到。是啊，虽然秀秀奶奶和邻居已提供了很多信息，但毕竟是侧面的，还缺些温度、准确度，真正的主角——孩子们，尤其是留守儿童，还没出现。而自己的论文真正要写的是他们的生活、他们的心理、他们的现状、他们的世界、他们的喜怒哀乐，离了他们的亲自讲述，论文极有可能写成一篇隔靴搔痒、中看不中用的文章。

女儿真是长大了！江泓暗自感慨。

秀秀奶奶也劝道："她江阿姨，你就听孩子一句吧。俺秀秀懂事，为人好，村里的孩子要是听说她回来了，一定会一窝蜂地跑过来，你们好好说说话。"老人家的眼睛里闪烁着渴望的神情。孤独的老人，蓦然有这么多文化人来家里，高兴得紧，怎么舍得让他们轻易离开呢？

"我替你妈答应了！"夏天宇猛然站起来，豪情万丈地说，"宝贝女儿，老爸就当这一回家，你妈要杀要剐，老爸认了！"

2

豆秀秀家的平房呈L形，五间主房，拐弯连接着三间偏房，五大三小。小平房当中那间是大门，朝向院里的墙壁上斜放着一个粗大的毛竹制成的梯子，沿梯可通至小平房房顶，从小平房房顶又可登上五间主房房顶。这种农村住房的标配结构具有显而易见的好处：新粮入仓前，可以在房顶上晾晒，省去了占地打场之苦。大雨突降时，将粮食迅速在房顶最高处拢作一堆，用塑料薄膜一盖，周边压实即可，最大限度地避免粮食被淋湿或冲走。夏天的夜晚，可在房顶睡觉、观星、吹风、纳凉、休息。因此，房顶既是晒场，又是露台和观景台。

天公很给面儿，慷慨地馈赠了他们一个美丽宁谧的夏夜。五个人不忍辜负老天的美意，打算夜宿房顶。

吃过晚饭，在秀秀奶奶的英明指挥下，在豆秀秀、夏梓柠的坚决执行下，大家把席子、塑料薄膜、被单、枕头等七手八脚搬上了房顶。

夜幕降临，星星的眼眸炯然有神。少顷，月亮也升起来了，又大又亮。这时，星星好似知趣地退到比较低调的位置，把夜空最显赫之处让给了月亮。

秀秀奶奶异常兴奋，把主房走廊上的灯揿亮，瞬间，偌大的院子便被光温柔地笼罩着。奶奶放心不下大家，索性颤巍巍地爬上房顶，检查一下大家铺的盖的是否妥帖。

奶奶的慈爱和"奋不顾身"把大家吓得不轻：万一摔下去怎么办？所幸光线还算明亮。于是众人你一言我一语、软硬兼施地哄她赶快下去。

大家通力合作地铺着"床"。忽然，豆秀秀说："只顾高兴，忘了一样顶顶重要的东西，大家猜猜是啥。"

"书！"

"我觉得是吃的。"

"肯定是啤酒！"

"我知道了，手电筒！"

有人在认真思索，有人在乱猜，不排除有人故意起哄的可能……

白天的喧嚣，正慢慢退却，邻家房顶上的说话声清晰可闻。

豆秀秀惭愧地说："我真粗心，你们说的都对，但我想说的还不是这些，而是蚊香！夜里少不了蚊子，咱们在房顶上睡觉，蚊子一定高兴疯了，把咱们咬成大花脸，就惨了！"

江泓安慰豆秀秀："秀秀你不要自责，你已经够细心了。你再看看夏梓柠，你们俩大小差不多吧，她还像个'马大哈'呢！"

这下激起了夏梓柠的强烈不满："老妈，您怎么能褒她贬我呢？秀秀细心，这是地球人都知道的事实。我也不差啊，您说是不是？"口气里是掩饰不住的成就感，"如果没有我这个'马大哈'，也不会有咱们这一次的豆花蹊之行，对不对？"

郝老师加入夏梓柠的声援阵营："泓姐，她们俩都优秀，只不过优秀之处不同而已。你可不能把秀秀同学当成'别人家的孩子'，老拿来和梓柠比较，这样她们俩的同桌就不好做了！"

3

　　这一夜，大家都特别兴奋，尤其是夏梓柠和豆秀秀。

　　夏梓柠的心被成就感填充到饱和状态，有一种想高歌一曲的冲动。豆秀秀的兴奋则是因为家里难得一见的热闹，既让奶奶不再孤独寂寞，也让她在村里有了踏实感，这种踏实感是一种久违的感觉。

　　豆秀秀张开回忆的翅膀，飞抵爷爷在世的时候。秀秀爷爷是种庄稼的行家里手。在他的精心"调教"下，他家的庄稼是全村长势最好的。每到下雨时，一家人聚在一起吃饭，不管外面雷声多大、雨线多密，每个人心里都定定的，家里不时飞出的笑声，和喧哗的雨声交融。然而，天有不测风云，几年前爷爷患急病忽然辞世，秀秀爸爸豆放不太会种地，也没兴趣种地，更吃不了"锄禾日当午，汗滴禾下土"之苦，庄稼种得极为潦草。若问谁家地里的庄稼最稀最瘦弱，野草最多最疯狂？村民们会异口同声地回答"是豆放家"。爷爷走了，丰收、热闹和快乐便跟他一起走了……

　　豆秀秀敞开了心扉，她讲的家庭琐事那样真切，加上夏梓柠打破砂锅问到底的烘托，一时间房顶上很是热闹。

　　"叔叔，听说您是警察？"豆秀秀蓦地问夏天宇。

　　夏天宇点点头。

　　"我太佩服您了，叔叔！您一定抓过很多很多坏人吧。"对警察这种职业的钦佩和向往让豆秀秀两眼放光。

　　"是抓过一些，"夏天宇说，"秀秀同学，我告诉你，警察的任务可不全是抓坏人。"这个答案对豆秀秀和夏梓柠而言，显然太过高深。江泓接过话茬："我说夏天宇，孩子表达一下对你的崇拜之情怎么啦，说警察抓坏人不仅是小蔷薇和秀秀这一年龄段孩子们的想法，也是我从小到大一直不变的想法。"

"江阿姨，夏叔叔说的啥话我都爱听，您就别再批评他啦！"豆秀秀说。她又问夏天宇："夏叔叔，您能不能把印象最深的案子给我们讲讲？"

夏梓柠拦住豆秀秀："我爸的嘴严实着呢，把门的至少有一个连！"

豆秀秀吐吐舌头："我知道啦，夏叔叔有纪律，不能对咱们说案情，电视上都是这么演的。"

夏天宇反而大大咧咧地说："也没秀秀说的那么严重。最近我们确实在办一个案子，这么说吧，一个涉及面广、意义重大的要案，具体情况我就不透露了。"他稍作沉思，问豆秀秀："在豆花蹊，或者附近的村子，有没有制作陶器的手工作坊？"

"有。"豆秀秀不假思索地说。

"好！没准儿将来叔叔还需要你出手相助呢！"

豆秀秀掩饰不住内心的激动："那太好啦，叔叔！"

夏梓柠兴奋地说："老爸，听您的意思，您正办的案子和陶艺有关？"

"无可奉告！"夏天宇调皮地使出了外交辞令。

"我们村的确有村民爱做陶艺，听老辈人说，从唐代就开始做了。"豆秀秀的语气里满是掩饰不住的骄傲，"还有村民爱种花，建了又高又大的塑料棚，一年四季的花都有。"

"有蔷薇花吗？"夏梓柠插话道。

"这个……我不太清楚，我对花不太了解。"豆秀秀嗫嚅着说。

江泓赶忙为豆秀秀解围："肯定有！蔷薇虽然是一种相对来说比较

普通的花，也卖不了大价钱，但由于生命力极强，花期特别长，种子、秧苗、根、花都有药用价值，全身都是宝，所以销量很大。养花的人一定很喜欢它，说不定他们还会研究蔷薇新品种呢。"

4

江泓当然也感觉到了豆秀秀和奶奶的心理变化。她在为祖孙俩感到高兴的同时，心里也隐隐泛起了担忧。别人可以高兴，可以疯疯癫癫、没心没肺，但她不能。

——今天，他们为这家人带来了快乐甚至荣耀感，明天他们离开了呢？有豆秀秀陪伴时，奶奶是让人放心的，秀秀返校了呢？秀秀奶奶一个人在家，如果身体没病没灾还好，可万一病了呢？作为一名心理工作者，她得未雨绸缪才对。

像豆秀秀这样的家庭应该不在少数，这些家庭维系着村庄的发展和各家各户的幸福，不应忽视它们，要关注并改善它们。她是研究人的心理，尤其是研究农村空巢老人、留守儿童心理的专业人士，她要为秀秀奶奶这样的农村老人、为与豆秀秀家类似的农村家庭多考虑一些，考虑长远一些。

她不由得轻轻喟叹一声。在讲台上讲课时，在心理咨询室工作时，这种责任感或忧虑感还不太明显。这次豆花蹊之行，像一声断喝惊醒了她，让她感到了肩上的重量。

"老妈，您怎么啦？"

"哦，没什么。"江泓扳过夏梓柠的肩膀，轻轻摇了几下。

"没什么您叹什么气啊？"夏梓柠压根儿不信。

5

第二天还没吃早饭，豆秀秀就跑出去了，回来时气喘吁吁的。

后半夜的凉爽过了头，露水趁着人们熟睡，悄悄将被单打湿。不适应这种气候的夏梓柠也已醒来，她问豆秀秀："干吗去了你？"

"一会儿你就知道了。"

"嗬，跟我还保密？！没见你有晨练的习惯啊！"

"我猜猜，秀秀一定是想趁早通知几个小伙伴，不然吃过饭就可能抓不到他们了。"江泓摸摸秀秀的手，虽然一脸的汗，手却有点儿凉，不由得心疼地说，"我说的对不？"

秀秀点点头："江阿姨，您真神了！"

小伙伴陆续来到豆秀秀家，共有六个。他们有在村附近的学校上学的，有在乡中心中学上学的，也有初中毕业、准备秋庄稼播完后就出去打工的。

江泓索性抛下自己精心准备的问题，让这些孩子信马由缰地随便说，看到的、听到的、想到的都可以，错的、对的只管往外倒，毫无顾忌，气氛轻松融洽，完全没有了采访者和被采访者之分。

说到热闹处，几个孩子出现了分歧，场面几度到失控的边缘。

江泓慈爱地看着他们。她知道，这时候像她这样的大人完全不必介入，更不必劝架，因为孩子们根本不会"打架"。她一开始还开着录音笔，后来索性关了它，任由几个孩子敞开心扉。

豆秀秀无疑是其中的主导者，她虽然不是年龄最大的，却是这几个孩子的核心。一定是因为豆秀秀被远近闻名的鹏举中学破格录取，她才成为大家心中的"偶像"。傲人的成绩让单纯的孩子们忽略了她的个子、长相和家境等外在因素。这让江泓感慨万端：谁说农村人心里没有书和知识的位置呢？

一行人要回城时，主客双方依依不舍地告别。

"常来啊，你们都是好人，感谢你们照顾俺秀秀！"秀秀奶奶感激地说着，示意秀秀把一兜豆花蹊的土产品放入后备厢。

"大娘，这可不能要！"江泓拉着豆秀秀奶奶粗糙干瘪的手，"您给我们培养了一个好学生，这两天还这么照顾我们，我们感谢还来不及，怎能收您的礼物呢？"

"她江阿姨，这点儿东西都是咱地里长的，不值啥钱，收下吧。"秀秀奶奶叹口气，"以后想给也没了，秀秀她爸没出息，把地都让给别人种了。"

恭敬不如从命，江泓只得示意夏天宇收下。

"秀秀，晚上返校别迟到了！"夏梓柠郑重提醒。

秀秀没说话，只是点点头，随即把脸扭向别处。

车驶出老远，夏梓柠透过车后窗看去，一老一小的身影俨然站成了风中的两棵树。隐隐约约地，她似乎看到其中一棵树忽然矮了下去。

"农村人真实诚、真热情！太令人感动了！"夏天宇左手扶方向盘，右手向车里的人伸出大拇指。

"有人忘本了吧，忘了自己的出身。"江泓跟丈夫开玩笑。

"就这还有人不喜欢农村呢！"夏梓柠见妈妈心情大好，故意阴阳怪气地说。

江泓没接茬，她的心此刻已坠入担忧与沉思之中。

她的沉思与郝老师有关。

6

昨天晚上，大伙儿以地为席，以天为盖，疯疯癫癫地说了好久，天南地北、三教九流、家长里短，各自扮演了几个小时的"八卦"达人和"吃瓜"群众。

夏天宇第一个睡着了，很快鼾声如雷。这段时间工作的劳碌加上开车的辛苦，他确实需要好好睡一觉了。接着是夏梓柠，她风风火火张罗的事情成了，神经一松弛，就坠入甜蜜梦乡。然后是豆秀秀，家里来了几位"重量级"客人，她品尝了新鲜感和满足感之后，身心俱疲是自然的。

但江泓睡不着。

一整天发生的事情太多了，各种各样的见闻都能成为她写作的素材，她需要在心里过一过电影，在情感上反刍一下。

夏梓柠大伯的面庞在她脑海里反复出现，他的眼神、表情和话语，都是那么清晰，一切都仿若昨天。有些事情恰如伟岸的建筑或巍峨的山，永远矗立在岁月那端，横亘在人心头。虽然数年过去，但自己总是不愿触碰那不愉快的记忆，现在，豆花蹊村民的热情，会不会消融她心里的冰雪呢？

秀秀奶奶被风霜侵袭的面庞在眼前荡漾着，沟壑纵横，令人担忧。像她这样的农村老人，劳碌大半生，原本已到颐养天年的年纪，本该儿女绕膝，可孤独总是如影随形……

思绪纷繁，萦绕在江泓心间，剪不断，理还乱。

邻居家的房顶上，说话声还在持续，只是声音略轻些。不知名的夏虫在鸣叫，节奏明快，富有乐感。星星的眼睛明亮，一点儿倦意也没有。月亮的轮廓倒是模糊了不少，但不一会儿，又挣扎着钻出薄云。天地万物，一切都那样用心，既静默不语，又满含期待，似乎在对她暗示什么，让她既兴奋又难以从容。

女儿的睡相实在不好看，江泓不由得笑着摇摇头。秀秀的胳膊不安分地伸出被单外，为避免被蚊子叮咬，她轻轻将秀秀的胳膊移到被单下。

"泓姐，还没睡呀？"

江泓吓了一跳："婧容，你还没睡？"

"睡了一小会儿，刚醒，睡不着了。"郝老师凑上来，"既然这样，随便聊聊呗！"

江泓完全没想到，这一聊，就聊得惊天动地，聊得让她心惊肉跳！她完全没想到，比她年轻的郝婧容，竟然承受着这么大的压力——不论是身体上还是精神上。

以前，她总觉得自己是从事心理学研究的，能够洞悉人的心理，看来，她实在是太高估自己了！

7

"老妈，您在想什么？"见妈妈半天没说话，夏梓柠有些担心，难道她是被自己那句阴阳怪气的话伤着了？

"小蔷薇，你猜猜豆秀秀和她奶奶现在在干什么。"不知道江泓是心不在焉、答非所问，还是故意为之。

"还能干什么？想您呗！"夏梓柠尽量用轻松的口气跟妈妈开玩笑。

"好！豆秀秀今天返校后，你要对人家好一些！"

"遵命！"

公路两旁，伟岸的白杨在齐刷刷地后退，因为车的前行，本来静止不动的树也显得动感十足，像在讲述什么高妙的哲理。江泓想，看来，回去之后，她不仅要尽快完成这篇论文，还要开始"写"另一篇，不，另两篇"论文"！

致青春·成长书系

十一 谜团

1

当天晚上，上课铃已经响过一阵了，但豆秀秀的座位上仍然没人。

自习课，鹏举中学规定老师不准讲课，旨在让学生真正成为时间的主人。但正因如此，从班主任到各科老师，对自习课都很重视。

这不，班主任安培镇老师已经发现了豆秀秀没来。他踱到夏梓柠面前，问："见到豆秀秀同学了吗？"

"没有。"夏梓柠摇头。

豆秀秀没及时返校，她心里已经产生沉重的不安感了。

安老师随手翻看着豆秀秀放在桌面上的书本。书本被摆得整整齐齐的，豆秀秀一向如此，不像夏梓柠的那一半桌面毫无章法。

安老师没发现什么"蛛丝马迹"，边轻轻摇头边快速走出教室，拿出了手机。

少顷，安老师重新回到讲台上坐下，手机放在讲桌上面。从表情上解读，他刚才应该试图联系豆秀秀或其家人，但显然未果。豆秀秀本人没手机，她家也未安装固定电话。秀秀老爸出门前也没给年迈的母亲买一个老人机，可能是走得太匆忙了。

教室里，同学们大多在背诵安老师教的政治题，背到陶醉处有人还前仰后合的。少数同学在写作业，看上去都一派忙碌。

唯独夏梓柠心神不宁，嘴里在机械地背诵，心里却在担心豆秀秀。因此，时间匆匆流逝之后，她还在背那个题干。

2

一直到第三节自习课，豆秀秀仍没来。三节课，从政治到数学到历史，学校根据让同学们"换脑子"的宗旨编排课程，夏梓柠今晚却是文理皆一盆糨糊，越换越迷糊。

晚自习一结束，她就箭一般射出教室，直奔女生宿舍楼。

夏梓柠并不知道初二（1）班女生的寝室在哪儿。情急之下，夏梓柠银铃般的嗓音便在宿舍楼前响起："豆秀秀，豆秀秀，出来！"

夏梓柠的大叫没唤出豆秀秀，反而唤出了宿管老师。她紧张地走到夏梓柠身边，压低声音说："小同学，董校长正在我这栋楼巡视，你想闹事吗？"听了夏梓柠的叙述，宿管老师大概被感动了，在她的指点下，夏梓柠三步并作两步跑到寝室——豆秀秀没来！

豆秀秀没来。夏梓柠心里如大河决堤，思绪的洪水狼奔豕突，倏忽而至。

——豆秀秀，你怎么啦？不会出什么事了吧？

病了？没搭上车？车半路抛锚了？出车祸了？

但她立即否定了自己：上午分手时秀秀还活蹦乱跳的，她就小孩子一个，能有什么病？

致青春 · 成长书系

也不会搭不上车，车的班次那么多，想错过都难。

夏梓柠也否定了车抛锚的情况，原因同上。

出车祸了？或者，奶奶出什么事了？毕竟她年纪大了，身体又不好。

想到这儿，夏梓柠不由得骂自己：你这个小巫女，就不能想着别人好？

可是，如果秀秀一切都好，她怎么可能旷课？

……短短的时间里，洪水快将夏梓柠小小的心房冲垮了！

3

江泓正在电脑上鼓捣着什么。夏梓柠走过去，见她正将录音笔的数据线和电脑连接。哦，她是想把录音存储到电脑上，再转换成文字。

听到女儿的讲述，江泓立即停下手里的活，惊愕地说："不会吧？不会出什么事吧？"

看来，果然是母女连心，想法都出奇一致。

"妈，要不您开车，咱再到豆花蹊一趟吧？"

"现在？来回五十千米，乡村道路没有路灯，你不怕咱家涌现一个马路杀手吗？"

"我这就给老爸打电话，请他火速增援！"

"停！"江泓轻轻接过手机，把女儿拉到沙发上，安慰她道，"先别着急，咱一块儿想想，这两天，甚至这一段时间里，豆秀秀有没有反常的举动。"

母女俩累死无数脑细胞，也没想出个所以然。

墙上，石英钟步履匆匆，邻居家的电视声清晰可闻。忽然，夏梓柠心里响起一个霹雳："妈，会不会……豆秀秀把和咱们这两天的欢聚当作最后的疯狂，然后就……就辍学了吧？"说到这儿，夏梓柠已泪如雨下，"要真是这样，我这辈子都不会原谅她！"她眼前浮现出和豆秀秀分别时的情景：当她叮咛秀秀返校不要迟到时，秀秀并未用语言回答，只是点点头，然后把脸扭开了。现在想想，秀秀的动作和"微表情"已经佐证了她这个判断。

江泓沉默不语。从心理学上判断，豆秀秀是有这个"动机"的，无论是从她的家庭角度，还是从她自身的角度。若果真如此，单靠豆秀秀一个人是难以解决的，需要学校、村委会，甚至整个社会的力量。

"看秀秀同学明天是否来校，再做决定。"江泓喃喃自语，将女儿往卧室里推，"小蔷薇，好好睡一觉，也许明天就见到秀秀了呢！"

夏梓柠不知道"好好睡一觉，也许明天就见到秀秀了"指的是梦里还是现实里，现在的她，似乎也没有其他更好的选择。可是，她能睡着吗？

4

直到第二天傍晚，豆秀秀仍没返校。

安培镇老师急坏了，在办公室里背着手转圈踱步。电话打不通，做家访吧，路程太远，他工作又忙，实在走不开，怎么办？如果不跟学生家长尽快取得联系，万一出了什么事，学校该怎么向家长交代？怎么向社会交代？

这时，夏梓柠锐身自任："安老师，您太忙，我去豆秀秀家看看吧！"

"你？"安老师停下脚步，从眼镜上方的横梁上仔细看着面前的这个小女生。

"还有我妈妈，我妈开车。"夏梓柠胸有成竹地说。

"你知道豆秀秀同学家在……"安老师忽然想到，两个女孩子是同桌，肯定谈论过各自的家庭状况，便不再追问。一瞬间，他脑海里涌现了很多细节，比如夏梓柠极有可能早已去过豆秀秀家。

"老师放心，我妈用手机导航，一定会找到的。"夏梓柠不想让老班知道她们已经去过豆花蹊。

"你妈是女中豪杰，代我向她问好，提醒她开车慢点儿。"安老师如释重负坐回到椅子上，长叹一声，"学生没及时返校，作为班主任，按道理我必须去家访。但你不知道，这段时间学校正申报省级示范中学，有太多材料需要整理，千头万绪的。还有，中招考试快到了，咱们学校今年又是考点，需要布置……"

"我妈正好要到我同桌的家乡搜集写论文的材料，顺路就可以带我去看看。"夏梓柠像个大人似的狡黠一笑。她可不想让老班觉得她们母女比他这个当班主任的还要关心学生，否则可就尴尬了。

尽管得到了安老师的同意和老妈的全力支持，但这次豆花蹊之行，还是让夏梓柠觉得路特别长。

5

豆秀秀正给奶奶做饭，炊烟缭绕中映出一张清瘦的小脸。

"才吃饭？这都啥时候了！"夏梓柠见豆秀秀好好的，这才放下心。但随即，她的愤怒就爆发了："好你个豆秀秀，你既然一毛钱的事都没有，为什么这两天不回学校？"

豆秀秀端着碗走出来，里面是她为奶奶下的小葱鸡蛋面，这也是奶奶最爱吃的。

"老夏？不，夏梓柠，江阿姨，你们……咋来了？"烟熏火燎加上意外、激动，豆秀秀的面庞黑里透着红。

"学校派我俩来抓你的！"夏梓柠张牙舞爪，气愤难平。

"对不起啊江阿姨，害你们又跑了一趟。"豆秀秀忽然想到手里还端着面，"我赶快给奶奶送去。"

江泓明白了："秀秀，是不是因为奶奶？她怎么啦？"

"奶奶她……她……"豆秀秀泪汪汪地说不出话来。

原来，秀秀奶奶那晚从平房顶下梯子时扭伤了脚。当天晚上并没觉得痛，就没当回事儿，没想到第二天就肿起来了，疼得厉害。但为了不让大家牵挂，她对谁都没说，还若无其事地把夏梓柠他们送到村口。回家的路上，奶奶终于坚持不住了，蹲在地上，痛得直不起腰来。

这种情况下，孝顺的豆秀秀怎肯离开奶奶呢？

"那你打个电话啊！"夏梓柠狠狠瞪了豆秀秀一眼。

"奶奶不让打，她说……"

夏梓柠截住话茬："别打电话，别让你同学和老师担心。再说，俺也没啥事。"她绘声绘色地模仿奶奶的口吻。

"你咋知道？神了！"豆秀秀夸张地向夏梓柠竖大拇指，"奶奶还念叨着，让我赶快回学校呢！可是……"

"秀，你在跟谁说话？"

"奶奶，是江阿姨她们来了。"

秀秀奶奶声音微弱地责怪道："秀啊，不是不让你打电话吗？你咋不听话呢？"

蓦地，江泓眼睛潮湿了。在农村，年迈体衰的空巢老人和年幼孤独的留守儿童，一旦有一方身体不适，该怎么办？告诉远方打工的亲人不？

如果隐瞒，耽误了病情怎么办？如果告知，天高路远，远行人回家还赶趟儿吗？秀秀奶奶只是脚崴了，不能算作罹患重病，秀秀又是个懂事的好孩子，还不致误了大事。如果重病倏然降临，老人身边是个年龄更小或不懂事的孩子，该如何是好？

"大娘，不是秀秀打电话告诉我们的，她可是个听话的好孩子。我们是学校派来看您的。"江泓接过豆秀秀手里的碗，端到奶奶床前。

奶奶推辞着，频频道歉："唉，都怪俺，都怪俺，不争气崴了脚！"

江泓忽然心里生出一个主意来，她把碗交给夏梓柠，将豆秀秀拉到一旁，轻声问她："村委会在哪儿？"

豆秀秀惊愕得后退几步，连连摆手："江阿姨，我奶奶崴脚，可怪不着村委会，您……"

"放心吧，我不是去村委会兴师问罪的。"

6

村委会里，村支部书记高全功正和村主任豆曙光商量建设社会主义新农村的事。见豆秀秀带着江泓来，连忙站起，问："秀啊，这位一看就不简单，是哪儿来的大记者吧？"

当听说江泓既是秀秀学校的老师，又是心理专家时，高书记不由得肃然起敬，赶忙让座、倒茶水，说："秀秀可是俺们豆花蹊的骄傲啊！能破格录取到鹏举中学，全村人都夸她呢！"

"可是，你们村里的这个骄傲就要辍学了！"江泓严厉地说。

"啊？咋能这样？"高书记惊异地问，然后故意板着脸，"秀秀，你家是不是遇到啥困难了？咋不找村里啊，反而向学校告状？"

"高伯伯，我……我没有……"豆秀秀舌头忽然像打了结一样。

高书记笑了："秀儿，高伯伯跟你闹着玩呢，别怕！你爸爸出去打工了，村委会正想办法，看咋照顾你奶奶呢！现在看来，这位江老师一定有高招。"随即转过脸对江泓说："江老师，只要村委会能做到的，您尽管开口！"

听江泓说豆秀秀为照顾奶奶已缺了两天课，高书记急了："秀秀，村里有钱出钱，有人出人，绝对不会不管你奶奶的。只要天不塌地不陷，啥都不能耽误学习。"他对豆主任说："这样吧，村里安排几个人，排班照顾秀秀奶奶，马上到位！"

豆主任说："好！我老伴和儿媳妇先上，其他人再综合考虑，慢慢排班。"

高书记点头表示同意，对江泓说："江老师请放心吧！你们非亲非故的都这么操心，我们是乡里乡亲，绝不会让老人家受委屈的，更不会让我们的秀儿辍学。"

江泓思忖着说："两位想得非常周到，我很佩服，但这不是个长久之计。再说了，村里需要照顾的空巢老人也不会只有秀秀奶奶一人，办法我回去慢慢想吧，谢谢你们啦！"

7

回鹏举中学的路上，夏梓柠悄悄问豆秀秀："有一个问题，你必须老实招来！"

见同桌一脸严肃，豆秀秀吓了一跳："你问吧，我一定不瞒你！"

"你告诉我，奶奶的脚伤了后，你想没想过辍学的事？"

豆秀秀看了一眼坐在副驾驶座上的邻居，沉吟不语。

致青春 · 成长书系

原来，当江泓她们从村委会回到豆秀秀家时，这位村民恰巧来看望秀秀奶奶。江泓得知这位村民要到城里去办事，便热情地邀他同车前往。见村民犹豫不决，江泓大大咧咧地说："你要去城里，我们要回城，正好顺路，犹豫啥？"她跟这位村民开玩笑说："我是秀秀的老师，你是秀秀的邻居，怕啥？放心吧，我不收你车钱。秀秀和她爸爸都在外面，我还想拜托你多多照顾秀秀奶奶呢！"

"快招！"夏梓柠用胳膊肘捅捅豆秀秀。

"想过，还不止一次。"豆秀秀见邻居好像睡着了，眼里泛起泪光，老老实实地说，"妈妈走后，随着奶奶年岁的增长，我越来越放心不下她。为了离开鹏举，回到奶奶身边我才做了冤枉郝老师的傻事。你们在我家住的那一夜，真正看到郝老师并不恨我，我对自己的恨也少了一些，但对奶奶的牵挂却更多了。不过你放心，我绝对不会再想辍学的事，我会选择一所离家近的学校继续上学，这样就能学习和照顾奶奶两不误。再说了，我还要跟你比赛呢！"

"回到奶奶身边？你想过郝老师的感受吗？你问过奶奶的想法吗？"夏梓柠咬牙切齿地对豆秀秀说，"念你一片孝心，就不跟你计较了！但我必须严正警告你，比赛就要面对面、真刀真枪地来。跑到另一所学校算啥本事，你作弊了我都不知道！"

8

江泓听着两个孩子的对话，不由得感慨万千。她忽然觉得，自己以前并不怎么了解女儿，根本不知道小小的她竟然如此古道热肠。奇怪，自己和夏天宇为孩子提供的家庭条件虽说算不上大富大贵，但也没让她经历过什么风浪困顿，她怎么就像一个小侠女一样呢？难道……

霎时，那令人揪心的场面、那坦荡无垠的绿色、那浸透泪水与感动的过往涌上心头，似乎仅仅瞬间，当初那个小小的婴儿就长大了。

车里人一多，即使开着空调也让人觉得有些憋闷，江泓索性关闭空调，打开车窗，人一下子通透了，后退的树也和人亲近了许多，车里的人也和这个世界亲近了许多。夏梓柠问豆秀秀："你记不记得有这样一则新闻。有个地方，为老人每人买了一块手表。"

"手表？"豆秀秀很奇怪。其实，夏梓柠清楚这则新闻的出处，但她需要一个强有力的证明者，来支持她接下来的"阴谋"。

稍顿，豆秀秀兴奋地大叫："想起来了，你说的手表能跟老人亲人的手机连接，也能跟社区的电脑连接，老人们的身体状况，亲人和社区都知道得一清二楚。如果老人病了、摔倒了……按手表上的一个键就能呼救或发出求救信号。"豆秀秀补充道："新闻联播播的。因为后面播放的是一位美国老人在家里病死一星期邻居才知道的新闻，我印象特深，差点儿掉泪，因为我想起了我奶奶。"鹏举中学一贯重视让学生认知、了解外面的世界，硬性要求各班学生在教室的大屏幕电视上收看新闻联播，这使夏梓柠和豆秀秀的视野得到很大的拓展。

豆秀秀不解地问："你问这干啥呢？"

"提问，我的用意是什么？请老妈同志回答！"

江泓郑重其事地说："我闺女的意思是，给村里的空巢老人都买一块这样的手表，再给村委会买一台配置高的电脑，和这些手表连接起来，以便随时随地掌握像秀秀奶奶这样的老人的情况。"她索性把车停在路边，回过头，盯着两个女孩纯真的眼睛，"放心吧，我觉得这些东西要不了多少钱，这个光荣的任务就交给我吧！我会两手一起抓，一方面和高书记保持联系，另一方面寻找有情怀的企业出资赞助。"

"太好啦！"夏梓柠和豆秀秀不约而同地举手欢呼。

秀秀的邻居感慨地说："还是你们城里人想得周到，这样的话，村里在外打工的年轻人就对家里的老人放心了！"

江泓立即纠正道："做这件事的初衷并非为了让在外打工的人省心。"

村民被噎得咽了一口口水，竟不知如何回答。

夏梓柠想，要是费尽心思为豆花蹊的空巢老人购买了这种手表，结果反而让出外打工的人更多，那就惨了，老妈干的事就成坏事了。霎时，她感到车里的空气沉闷起来，发动机的响声也聒噪起来。

江泓似乎受了豆秀秀邻居看似无意的话的刺激，意识到了这种问题的严重性。她觉得，持有这种想法的人应该很多。就像当年政府为农民发放救济款，时间一长便成了理所当然的事，盼着被救济便成为有些农民的积习，他们不再劳动，而是张着嘴等政府来"喂"，渐渐丧失了劳动的意识。所以政府、媒体等才提出，"扶贫"贵在"扶智""扶志"。看来，为老人们配置手表并不难，但治标不治本。对所有的空巢老人来说，重要的不仅仅是一块手表。

十二 迟飞的天使

1

那夜，在豆秀秀家的房顶，郝老师对江泓说："泓姐，你还记得你们母女俩到我家去的情形吗？"

"当然。"江泓有些纳闷，便带上了回忆的口气，"那些前尘往事，仿佛就在昨天。"也对，这才过去多长时间啊？她又不是健忘症患者，怎么可能忘？只是不知郝老师要问她的是哪方面的事。

"那晚你问我爱人和孩子的事情，我虽然心里直打鼓，但总算搪塞过去了。"

江泓点点头。月光下，郝老师的面容朦朦胧胧，如梦似幻。

"当时我告诉你，我婆婆、爱人和孩子他们都出去了。我还特别强调，我爱人工作忙，很少回家。"为了不吵醒夏梓柠等三个"入梦者"，郝老师拉起江泓，挪到离他们较远的地方，惭愧地说，"其实不是这样。我骗了你，也骗了单纯可爱的小蔷薇。对不起！"

江泓的心猛跳了几下，当时她就看出郝老师的动作和语气都不自然，觉得这些反常行为背后应该隐藏着秘密，果然如此！

致青春 · 成长书系

"泓姐，"郝老师猛然抓住江泓的手，"其实，我丈夫早已离开了家，现在不知所踪。婆婆身体也不好，和秀秀奶奶差不多。因此这件事至今我都没敢跟她说。她偶尔问起，我就骗她，说他工作忙，顾不得回家。好在婆婆后来也不问了，更幸运的是，她至今还没起疑。"

儿子久不归家，当母亲的怎能不怀疑？饱经风霜的老人，她一定意识到了什么，只是未说出口而已。但江泓并未对郝老师透露自己的心思，让她暂时处于风暴前的宁静中也好吧。江泓暗自感叹，她能感觉到郝老师手上的力道，便瞪大双眼问："你爱人为什么会这样呢？"

不论跟女儿还是跟董校长，江泓都说郝老师是她的闺蜜，真实情形并非如此。对女儿之所以这样说，是想让女儿感情上与郝老师亲近，这样对她提升语文成绩更有益，亲其师才能信其道嘛。对校长称二人是闺蜜，则是为给郝老师争取权益更方便。其实，两个人很少谈"私房话"，像今天这样推心置腹的交谈从未有过。

"唉，说起来也怪不得他，都怪我给他生了个患病的儿子！"郝老师语气黯淡下来，"你们娘俩来我家那晚，我儿子就在卧室里，并且他天天都只能在卧室里。"

"患病？你快点儿说，婧容，快把我急死了！"

月亮躲进了云层，房顶暗淡了不少。邻居家房顶的说话声不知何时已经停止，大自然倏然变得静谧一片。夏天宇的鼾声轻了些，夏梓柠睡觉一向不老实，脚乱蹬，江泓既怕她受凉，又怕她被蚊子叮咬，于是轻轻为她盖上薄薄的被单。

没想到，郝老师刚讲了几句，竟然嘤嘤地哭泣起来，但她压抑着，尽量不让这哭声大起来。一方面是不想惊醒不远处那三个人的甜梦；另一方面，她也不想让江泓看到她的脆弱，更不想让江泓太过担心。

原来，郝老师的儿子是一个罕见病患者。他刚出生时和其他孩子没什么不同，但长着长着，他就显出了发育迟缓甚至停滞发育的可怕迹象。郝老师的丈夫嫌弃儿子，更怨恨妻子，遂不辞而别。

郝老师由于被愧疚的心理主宰着，加上碍于面子，就一直没有声张。她一直默默地独力抚养着儿子，尽量让他远离人群、远离歧视的目光。三尺讲台上，她传道、授业、解惑，以最佳的状态面对学生，但回到家中，心中的苦楚只能独自品味。

"你听说过'天使综合征'吗？"

"天使综合征？"江泓口气里带着诧异。好有诗意的名字！那么，患上这种疾病的人会有什么症状呢？她想问，但又怕会对郝老师造成伤害，就生生咽下了已到嘴边的话。

"是不是一个很美的名字？是不是让人浮想联翩？其实，这种病……"郝老师忽然醒悟过来，满含歉意地说，"唉，泓姐，我跟你说这些干吗？今晚本来应该是一段值得永远记住的快乐时光啊！至于这种疾病，回家后你自己百度一下就什么都清楚了。"

网络时代，要查东西随时随地都可以，还用得着回家吗？江泓忽然涌起一种强烈的冲动，想立即用手机查一下"天使综合征"为何物，但她克制住了这种冲动，只是感慨：这个魔幻的大千世界啊，竟然让郝老师这样一个水一般柔弱的女子承受着令人难以想象的折磨！女本柔弱，为母则刚，生活又让郝老师这样的为人妻、为人媳、为人母者钢铁一般的坚强！

2

书房里，江泓打开电脑，迫不及待地搜索关于"天使综合征"的资料。她丝毫没有猎奇心理，而是以心理专家、闺蜜和母亲的身份来搜索的。网速接近龟速，当然，主要是她太过心急。

越搜索，她越觉得郝老师不易，越觉得郝老师了不起！

如果这种事发生在自己身上，自己能应对得了吗？如果小蔷薇是一个患有"天使综合征"的孩子，自己会何等痛苦和无助？又会如何选择呢？

她不敢细想了。

资料显示，"天使综合征"又被称作"快乐木偶综合征"，是一组由于影响15q11-13的母源UBE3A基因表达缺陷所导致的神经发育性疾病，其发病率约为1/15000，属于罕见疾病。

对这种疾病的某些介绍，由于专业性太强，隔行如隔山，江泓并不太明白，对患有这种病症的孩子也完全没有概念。

她的手有些颤抖，又打开了一些与这种病相关的网页，其中一个网页给她留下了极深的印象。它这样定义患这种疾病的孩子："这是一群从出生就始终微笑不止的孩子。"

她盯着这网页半晌，上面的孩子在对着她笑。突然，她萌生了一个想法：见一见郝老师的儿子。

且慢，郝老师会同意吗？上次到她家造访，她宁愿撒谎也要掩盖儿子患病的事实，若贸然提出要见孩子，她会不会觉得被冒犯到？

江泓把头埋在电脑前，显示器的微光似乎在提醒着她，也似乎在跟她进行无声交流。她渐渐相信，郝老师是不会误会她的，否则她就不会主动敞开心扉了。

江泓忽然感到一阵心悸，郝老师肯把自己心头最深的痛苦剖开来让她看，除了深深的信任之外，是不是在寻求她的帮助？是不是在暗示她什么？是不是做出了什么新的决定？

3

郝老师果然爽快地答应了江泓的要求，这让江泓觉得既温暖又充满压力。

几乎零距离接触郝老师的儿子时，江泓不由得感慨道：一个多么清秀的孩子！命运多么不公平！

江泓看他的第一眼他就在微笑，对她微笑，一直微笑，边笑边手舞足蹈。笑得那么纯，不带半点儿杂质，像雪山顶上的积雪，像天上最轻盈的那朵云，像作家编织出的最美童话。

这个孩子真的像天使，江泓情不自禁地喜欢上了他。

郝老师提醒道："泓姐，这类孩子都是这样，爱笑，准确地说，是控制不住地笑。我知道你对孩子的感情，你的感情一定和我一样，我没有看错你！"她对儿子伸出手去，连连呼唤，"安安，喊妈妈！安安，叫江阿姨！"

但安安自顾自笑着，没有和人打招呼的意思。不，在江泓眼里，安安已经和她打过招呼了，那就是他的微笑。

患有天使综合征的孩子几乎都会严重地发育迟缓，尤其会表现在智力上。安安虽然已经五岁多，但在智力上不比一两岁的孩子强多少。正因如此，安安，以及像安安这样的患儿根本离不开别人的照顾。

"平时都谁照顾安安？"江泓忽然意识到，这个问题毫无意义。

"不上课时我来陪伴他，我要是上课，没办法，只能由我婆婆替我，但我又不敢让她太劳累。唉！有人无情，但我不能也无情！"

江泓知道"有人"指谁，她心疼地责怪道："所以，你打算长期瞒着安安奶奶？"

"她知道了有什么好处，说不定家里会多一个病情加重的人，我的日子可能会更加艰难。"

江泓轻轻捏捏安安胖乎乎的小脸，安安微笑着，似乎在表达着对她的喜爱。安安穿戴整齐、干净，脸和手脚擦拭得干干净净，身边也不缺少正常孩子拥有的时髦玩具。她问郝老师："安安平常花销多吗？如果有需要我做的，尽管开口！"

"花销上肯定会比正常孩子多。正常孩子无非买衣服、玩具，上幼儿园、兴趣班的费用而已，但这些费用远远赶不上安安复健的费用。最近医生告诉我，眼下的医学发展还不具备治愈这类病的能力，多花钱也没太大必要，可以换一种思路，比如多陪伴孩子、多和孩子聊天、尽可能走进孩子内心等。医生说，作为妈妈，要真正懂孩子，掌握他情绪的变化规律。"郝老师拉起儿子的小手，疼爱地揉搓着。安安似乎能感受到妈妈的爱，微笑着配合。

"医生说得对。从心理学角度来说，莫说是患儿，就是正常的孩子都需要大人陪伴。最好的教育是陪伴，多陪伴肯定对安安有益。"江泓拉起安安的另一只手，也轻轻揉搓着。

"既然现在没有更好的治疗方法，我索性听从医生的建议，将重心放在培养他的兴趣爱好，培养他的专注力上。我会细心留意安安的行为、语言，尽量不让他受委屈。或许有一天，医疗条件成熟了，能找到治愈的方法呢。"郝老师眼睛里有一种光在闪烁，身上洋溢着母爱圣洁的光辉。

江泓即将走出郝老师家门时，郝老师的一句话让她不由得震颤起来。

4

"泓姐，暑假后我要离开鹏举了。"平静的口气，郝老师显然早已打定主意了。

江泓的心一阵疾跳，果然应了她的判断。

"离开？到哪儿？难道你……"

郝老师笑笑："怎么可能呢，有了安安，他爸爸又不知所踪，我早已失去清闲的权利了。我是被一所外地的学校聘用了，是高中，工资也高不少。这对治疗安安更有利。"

江泓长舒一口气，但她随即又担忧起来："工资高了，你必然会将更多时间花在工作上，那安安……"

"没办法，还得靠安安奶奶。还算幸运，老人家身体还算硬朗，安安又安静，照顾他不太费力气。"说到这儿，郝老师换了一种明快的语气说，"车到山前必有路，会好的！我眼下没想太多太远，就想多陪陪安安，用物理疗法让他越来越好。"

见江泓眼里满是担忧，郝老师反过来安慰她："泓姐，你就放心吧，我不会垮的！"她提高音量，"事实上，不论我还是安安，都在向好呢！"

郝老师原来是一名乡村初中老师，因为教学水平高，深得学生喜爱，教学成绩出类拔萃。她心怀高远的梦想，抓住了鹏举中学招聘的良机，过五关斩六将，与鹏举中学成功签约。

"鹏举中学虽然远近闻名，但只是一所初中，它在我生命里只能作为一块跳板存在，最终我一定会离开它，到更大的地方去，成为更好学校的一员！"郝老师眼睛里闪着坚定而"狡黠"的光。

人往高处走。郝老师的想法和做法，江泓都能理解。为了孩子，郝老师的这种拼搏精神、乐活劲头，令她动容。

"非要离开？没其他办法了吗？"

郝老师坚决地摇摇头："人家已经向我抛出了橄榄枝，我的辞职信都写好了，就是在踌躇，什么时候交给校长合适。"

"车到山前必有路。"这也是江泓信奉不疑的话。或许郝老师要走的这条路，对她和安安而言，更宽阔、更有希望吧。

<h2 style="text-align:center">5</h2>

蔷薇花期很长，能陪伴夏梓柠整个夏天。

酷爱读书的她知道《红楼梦》里黛玉葬花的桥段，熟知《葬花吟》中林黛玉"花谢花飞花满天，红消香断有谁怜"的自怨自艾。她甚至觉得，林黛玉所葬的花里面，一定不缺少蔷薇花的身影。但在她眼里，校园里的这些蔷薇花始终娇艳，尽管每一场风、每一阵雨来过之后，地面上总会飘落一层花瓣，但她依然信守着这种色彩斑斓的情境。

蔷薇花启迪夏梓柠对生命进行更多更深的理解，也让她在学习和生活中充满了韧性和力量。这种花虽和高贵无缘，却因为和她的小名相同，心理上便没了距离感。

爱蔷薇花，自然免不了将喜爱的人和蔷薇联系起来。比如，夏梓柠认为，妈妈和郝老师这样的优秀女子就是蔷薇座的人，具备蔷薇花的优点。在她心里，已经将蔷薇设置成了一个星座。

这天回家后，夏梓柠突然告诉妈妈，郝老师要走了！

江泓虽早已心知肚明，但她仍装出吃惊的样子问："真的吗？怎么可能？谁造的谣？"

"是语文课代表。为此，她还眼睛红红地问了郝老师，郝老师见瞒不过去，就承认了，还叮嘱她一定要保密呢。"

"你们的语文课代表真是叛徒，明明已经答应了郝老师，又嘴上没把门的，在班里散布了出去。"江泓说着，心里却疑云重重：语文课代表显然也是听人说的，因为不信才追问郝老师。可是，这个始作俑者到底是谁呢？

"老妈，这可不怪语文课代表，她不是故意的，是我们班的'老狐狸'太多了。"

原来，那天，语文课代表回到教室，其反常的举动、红肿的眼睛立即被其同桌敏锐地发觉，便问她："你这眼睛像小白兔一样，得红眼病啦？"接着又夸张地说："难道你在嫉妒我？"

这玩笑竟然惹得语文课代表趴在桌子上哭起来，把同桌吓了一大跳。她大叫道："我说姐们儿，你怎么这么不好玩儿啊？"她一拍脑袋："我明白了，你刚才找郝老师交作业，现在回来就哭，肯定是郝老师剋你了！不对，你对郝老师那么崇拜，语文成绩那么好，她没有理由啊！"

见同桌仍在乱猜，为了不让郝老师"背黑锅"，语文课代表只得说出"惊天内幕"。

"啊？"同桌差点儿惊掉下巴，"郝老师要走了？她才来咱学校一个学期呀，为什么？"

尖尖的声音无疑像一枚巨大的炸弹……

6

江泓告诉夏梓柠："小蔷薇，这件事我已经知道了。"

"妈，您老人家真是深藏不露。既然知道了还瞒着我，还故意问我！"夏梓柠一拍脑门，"你们是闺蜜，自然应该先知道。如果我没猜错的话，一定是郝老师亲口告诉您的，她也一定告诉您原因了。"

江泓学着爱人夏天宇的样子说："对不起，无可奉告！"

"我就知道您这反应。别急，我猜猜看啊，看看我这个警察和心理专家生的小公主有没有抱错吧！"

江泓心里"咯噔"一下，急火火地责怪女儿说："什么抱错不抱错的，别胡说八道好不好？"

夏梓柠不明白妈妈为什么会忽然这么焦躁，她不由得细看了妈妈一眼。但江泓已经意识到自己的失态，旋即恢复了平静。夏梓柠没从妈妈脸上看出疑点，便放了心。

夏梓柠打开电视，定格到综艺频道。作为班级里的学习委员，安老师交给她一个任务：让她通过综艺节目，先确定最火的几位明星，再上网搜索他们的励志故事，做成PPT，在主题班会上宣讲，以鼓励同学们咬紧牙关、坚持到底，以最好的状态迎接期末考试。但对于这个从天而降的任务，她总是集中不起精力，心里盘旋着无数疑问：郝老师为什么要离开呢？难道是因为豆秀秀的事，学校处理不当，让郝老师觉得伤了面子？难道郝老师爱人有了更好的工作，而这个工作在外地的人，需要她夫唱妇随？难道因为郝老师在学校女老师里面，无论身材、长相还是能力，都太出色，被眼红的人向校长告了黑状？

夏梓柠每说出一种猜测，江泓就否定一次。最后她说："你就别瞎猜了，傻丫头，都不是。我告诉你，这是郝老师自己的选择！"她本想把实情告诉女儿，但忽然改了主意，无论安安的病情，还是郝老师爱人的负心，或是郝老师因找到薪水更高的工作而辞职，都会对女儿心灵造成很大的冲击。

　　"妈，照您这么说，郝老师非走不可了，我还指望初三她能继续教我呢！"

　　郝老师怎么可能会跟着升入初三呢？毕业班，多么重要的年级，它关乎着学校明年的招生，更关乎着学校的前途命脉。郝老师在鹏举立足未稳，而初三年级早已有一大拨经验丰富、成绩斐然的老师。如果让初来乍到的郝老师带毕业班，那些"老初三"情何以堪，还不得翻了天？但这种原因又不便向女儿明说，她只能笑着说："像你这样的好学生、好孩子，谁教都一样！"

致青春·成长书系

十三 最后通牒

1

郝老师敏锐地发觉，这几天，她的语文课所受待遇与以往颇有些不同。

夏梓柠的班里有几个家庭条件优裕而成绩平平的孩子，这几个孩子与学习"有缘无分"，却有许多歪点子。但郝老师发现，即便是这些"小刺儿头"，也在像模像样地学语文了。需要背诵课文时，他们全力配合，表情严肃认真，音量特大，旁若无人，颈部青筋突出，像负重的举重运动员。回答问题他们也积极踊跃了，老早把胳膊举得很高，被点到名字时，他们像抽到大奖一样，先别管回答是否准确，但声音洪亮、口齿清晰，光这种认真劲儿就足以令人刮目相看。至于像夏梓柠这样原本就爱语文课、语文成绩优异的孩子，自不必多说。

原来她常遇到这种情况：上课铃已经响过，正要写板书，却发现黑板没擦，还遗留着上节课的内容。她正要亲自动手擦时，竟有同学用貌似商量但又无可商量的口气说："郝老师，求求您，先别擦，我还有一行就抄完了！"现在呢，这些现象竟销声匿迹了。

更令她纳闷的是，因为这段时间学校一直在申报省级示范中学，不时有专家来学校指导工作。这不，刚才就有一拨专家从走廊上走过，边走边热烈讨论。要是以往，有些同学早已心不在焉，意念中已和专家们并肩走在一起了。可如今，纷乱的身影、杂沓的声音，都被同学们自动屏蔽了……

这是怎么啦？难道这短短的时间里，孩子们的学习态度转变了？抑或是自己的授课水平提升了？郝老师百思不得其解。

2

这天上完课，郝老师刚走出教室，就听后面一个声音追来："郝老师……"

回头一看，是豆秀秀。这个孩子，真是"不打不相识"，自从吃过她家的"农家菜"，住过她家房顶之后，更喜欢她了。

"豆秀秀同学，有什么问题要问吗？"郝老师的语气很柔和。

"老师，对不起！"豆秀秀低下头，几颗眼泪已经跌落在地板上。

这个孩子过人的努力她一直看在眼里、记在心上，有时她会感慨：人与人之间的差距怎么会这么大？有人锦衣玉食，却无所事事，胸无大志；有人家境贫困，却怀揣梦想，发奋努力，为自己赢得精彩的人生。但今天豆秀秀遇到什么难处了？为什么要道歉？难道还是因为上次的事？

"嗨！事情都过去了，别再提了！咱们不是早就一笑泯恩仇了吗？"郝老师靠近豆秀秀一步，用幽默的口气安慰她。

"老师，听说您要离开咱学校了，我……我心里……"豆秀秀像被什么猛击一掌，倏然从迷惘中醒来，坚定地抬起头，"郝老师，您离开，一定是因为我！"

郝老师大吃一惊："秀秀同学，谁告诉你的？"

豆秀秀两手扣在一起，不说话。少顷，她说："咱班同学都知道了，都在议论呢！"

郝老师心里倏然翻江倒海。唉，孩子们，老师对不起你们了！教学就像师生同赴一场大自然的约会，但老师中途脱逃了，丢下了你们。其实，老师是多么舍不得你们啊！你们的一颦一笑、一言一行，老师都难以忘记。就连与好成绩完全无缘的孩子，老师也从未嫌弃过，可是，情况特殊，只能当逃兵了。她将手轻轻放在豆秀秀肩上，说："不要哭，离放假还有一段时间呢！再说，即使我留在鹏举，你们很快就升入初三了，我仍然没法继续教你们啊。"

这么说，就等于把"底牌"亮给了豆秀秀，豆秀秀难以遏制地哭出声来。

走道里的老师、同学看到豆秀秀哭，都投来奇怪与不解的目光。

"快回教室吧，秀秀同学，该上课了。记住，一切都是我自己的选择，和你没有任何关系。"郝老师将手里的书举起，对豆秀秀潇洒地扬了扬，"以后无论谁教你，都要好好学！"

豆秀秀捂着脸跑回了教室。

郝老师目送着豆秀秀的背影，思忖着，是谁透露了这个消息呢？这件事她告诉过江泓，难道是泓姐告诉了女儿，而夏梓柠出于对自己的留恋，又不由自主地告诉了班里的同学？或者是她的语文课代表？这个孩子，嘴上怎么不设关卡啊？当初不是反复提醒她了吗？

3

班主任安老师的道德与法治课已经开讲。见豆秀秀没喊"报告"，没经批准，捂着脸直接跑进来，完全把他当空气，十分诧异。全班同学也被豆秀秀一反常态的"大无畏精神"惊住了。

趁安老师面对黑板板书的宝贵时机，夏梓柠见缝插针地问："豆秀秀，刚才我看见你叫住了郝老师，你跟她说什么了，她又跟你说什么了，让你哭得这么厉害？"

"谁哭了？别瞎说！"

"别告诉我你沙子迷了眼，让本公主猜猜啊。你一定觉得郝老师之所以离开，是因为你，当然也因为你老爸。我告诉你，郝老师跟我妈谈过这件事，说这完全是她自己的原因，所以你完全不必有一丁点儿歉疚。"

板书已告一段落，安老师可能听到了不和谐的声音，就向她们看过来。"大敌"当前，豆秀秀只得由说改为写："那你知不知道是啥原因？"

"不知道。"

豆秀秀想了想，又写道："我觉得，郝老师是骗江阿姨的。她知道你和我是死党，为了不给你叛变的机会，所以就说和我无关。"

面对敏感的豆秀秀，夏梓柠无言以对，只是在纸上画了一张吃惊的脸。

"我不想让她走，我要改变！！！！！！！！"豆秀秀用了八个感叹号，每个感叹号都在替她宣示着决心。

4

"老夏，你的宝贝信纸我征用一张。"午后，写完作业，豆秀秀忽然说。音量不高，但语气坚定。

"干吗？"夏梓柠问，但还是无比慷慨地给了她一张。

豆秀秀把信纸铺展在桌面上，用笔压住，凑到夏梓柠耳边，说了一番话。

"豆女侠一言九鼎，夏某佩服佩服！"夏梓柠夸张地向豆秀秀拱手，以表达滔滔江水般的崇拜之情。

原来，前一段时间豆秀秀答应过夏梓柠，她要再给校长写一封信，说明原委，并且向郝老师道歉。但由于学习紧张、缺乏勇气等一大堆原因，一直没能兑现这个承诺。诺言就是债务，现在是还债的时候了！

敬爱的校长：

请原谅我再次给您写信！上次写信我冤枉了郝婧容老师，我犯了错误。这次，因为我，郝老师打算离开咱们学校，这是学校巨大的损失。一切错误都是我犯的，我承认，和郝老师无关。请校长挽留郝老师吧！她是个好老师。

初二（1）班　豆秀秀

×年×月×日

豆秀秀郑重而工整地署上名，仔细读了几遍，见自己由于太过激动，字写得完全失了水准，句子呢，虽然通顺但一点儿文采都没有，便频频摇头，央求夏梓柠："老夏，你行行好，允许我再征用一张，重写一封吧！"

"想得美！"夏梓柠断然拒绝，"再说了，重要的是表明心意，形式不重要。我提醒你，再磨蹭郝老师都去新学校报到了！"

豆秀秀深感夏梓柠说得有理。唉，事不宜迟，顾不得太多了。于是，她用练习纸折叠成一个信封，用固体胶粘牢，把信纸放进去。她和夏梓柠一起，穿过小广场，"潜入"行政办公楼，一番左顾右盼确认无人后，颤抖着手把信封投进了校长室门前的"校长信箱"里。

"不行！"回教室的路上，豆秀秀喃喃自语。

夏梓柠质问道："什么不行，你后悔了？不想挽留郝老师了？"

"别打岔，我在思考！"仅仅给校长写信，豆秀秀觉得力度还不够。毕竟自己是个学生，小泥鳅翻不起大浪花，还必须要有一股更大的力量，这事才可能成功。

5

傍晚，所幸有蔷薇的花香沁人心脾，冲淡了许多炎热。

豆秀秀用网络电话拨通了老爸的手机，不知为何，她的手有些抖。不时有同学从旁边走过，哪怕有意无意地一瞥，也让她心跳不已。

夏梓柠在一旁捅她："快点儿，不行我来，给老爸打个电话都这样，还指望你站在宇宙飞船上发表联合国宣言吗？"

电话那端，豆放听了女儿的建议后，犹豫再三。

上次是喝醉加冲动之下他才敢给校长打电话，至于说了什么、校长有什么反应，他都"断片"了。自己不过是一个农民工，人家可是远近闻名的学校的堂堂校长！如果不借酒威，借八个胆他也不敢与校长直接对话，更不敢胡说八道。

"秀秀，爸爸有时间再打行不行？"只能使出"拖"字诀了，能拖一时是一时！

聪慧的豆秀秀立即识破了老爸的"诡计"，她断然否决："不行！现在就得打，不然……哼！"

女儿少见的强硬吓得千里之外的豆放一阵惊慌。是啊，上次自己做得太荒唐、太没良心了！学校对他一家人不薄，自己无凭无据，怎能害女儿的老师呢？大家都说农民纯朴善良，可他又善良在什么地方呢？难道是因为秀秀的妈妈离开了他吗？妻子的离开，错误完全在他，和老师有什么关系？这祸本来就是他惹下的，无论作为男人还是父亲，他都应该为郝老师"平反"，而不该当逃兵！

"好，我打，这就打！"豆放对女儿乖乖举手投降。

豆放果然恪守承诺，拨通了校长室的电话。他鼓起所有的勇气，屡次克服要挂断的念头，艰难地组织语言，向校长结结巴巴地承认了自己的错误。

他声音颤抖着说："校长，我再次表达我的歉意。上次我说了秀秀班主任的坏话，听说这位女班主任兼语文老师要到其他学校工作了，我想请您留住她！"

董校长纳闷极了，但他仍然礼貌地向豆秀秀爸爸表达了自己的感谢："这位家长，感谢您对鹏举中学工作的支持和对我的信任。鹏举中学的发展离不开像您这样热心的家长。您的意思我大概明白了，我马上核实。只是我觉得您可能有点儿误会，豆秀秀同学的班主任是个男的，教的也不是语文课，您确定没记错？"

"啊？这……"豆放喃喃着挂断了电话。他脑子一团乱麻，怎么也理不出头绪：秀秀的班主任是男的，教的不是语文，那上次自己不是冤枉秀秀的语文老师了？怪不得这位老师要离开！这次呢，是女儿没说清还是自己又搞错了？

夏梓柠和豆秀秀无论如何也想不到，她们本想帮郝老师，却无意间给郝老师带来了麻烦。

6

放下电话，董慎之校长陷入沉思：这位家长虽然热心，但他的话究竟有多少可信度，还必须认真对待。他走到门外，打开"校长信箱"，发现里面静静躺着几封信，见其中一封上面是稚嫩的笔迹，便首先拆开来。

看完，董校长笑了："怪不得豆秀秀同学的爸爸给我打电话，原来是上阵父女兵啊！"仰靠在椅子上，董校长不由得浮想联翩。

豆秀秀同学上次写信和其父打电话反映的事情，他已经亲自调查了，没发现真凭实据，于是很快就让郝老师复了课。但从豆秀秀的信中可以确定无疑地看出，不论是上次匿名投诉还是这次署名称赞，都指向一个人——郝老师。

郝老师打算离开学校了？一个刚刚被聘用的"新人"，新鲜感应该还没消退，为什么要离开呢？工作不顺心？被投诉？工资低？还是另有隐情？

看来，该找郝老师谈谈了！一向雷厉风行的他决定立即给郝老师打电话。他找到郝老师的手机号，就在11个数字即将拨完时，却改了主意。

致青春·成长书系

办公桌对面墙上，一个大大的"慎"字装裱在玻璃框里。书法作品是一位前辈书写，并作为礼物赠送给他的。

"慎，慎之，慎独，谨慎，慎之又慎。"他喃喃着。前辈亲切的面容在眼前浮现，似乎在叮嘱："小董啊，万不可忘记你名字中间的那个'慎'字啊！"

门外，蔷薇花纯净的香气透过半扇窗户流泻进来，不绝如缕。是啊，合适的才是美丽的，就像这花香，淡淡的，不试图遮盖住其他味道，唯其如此，才能长长久久地拥有越来越多的欣赏者。

7

生活区和教学区之间那道略低的墙上，蔷薇花正在张扬它们的生命力。

在这里，郝老师"巧遇"了董校长。她经过时，校长正进行吐纳练习，一呼一吸、一动一静之间，蛮有架式。

"郝老师也喜欢蔷薇花？"

这里是校园内蔷薇花开得最繁盛的地方之一，但因为是过渡地带，人人行色匆匆，愿意驻足赏花的人寥寥无几。

郝老师点点头，她凑近一朵新开的花，一股幽香沁人心脾。

"听说早有了黑色蔷薇花，只是咱们学校的蔷薇花种植得早，还没引进这个品种。"董校长的话题似瀑布一般，从九天高处垂落而下，既让人感觉到高度和水准，又不知如何捉摸和应对。

郝老师顿了顿，目光看向远方："我知道一个地方，可能会有。"

"哪儿？"董校长显得兴趣盎然。

"豆花蹊。"见校长表情充满了向往，郝老师补充道，"豆秀秀同学的家乡。"

谈到豆秀秀，董校长觉得时机来了："豆秀秀是学校特招的农村学生，品学兼优，看来你们俩相处得不错。郝老师，来学校快一学期了，感觉怎么样啊？学校有照顾不周之处，请一定告诉我！"

郝老师紧张起来，看来校长已经知道了。她索性开门见山地问："董校长，您是不是已经知道了我的事情，特地来找我谈话的？"

真直接！董慎之校长猝不及防，有些尴尬："是豆秀秀和他爸爸告诉我的。"说着，把豆秀秀的信掏出来。

一瞬间，郝老师心情变得复杂起来，既有温暖，也有紧张，更有事已至此、逃避无益的决心。她看着精美的信纸，上面的字迹有些潦草，显见写字时豆秀秀同学的紧张和激动。这个孩子，心地善良，为了别人甚至顾不得自己，但由于年龄小，阅历有限，难免会给想帮助的人造成一些麻烦。

豆秀秀一定是逼着在外打工的父亲给校长打电话，为老师求情。这对一位农民工大哥而言，他该积攒起多少勇气才能做到啊！郝老师心里瞬间贮满了感激之情。

"郝老师，您刚调来不久，我自问管理学校还没有什么失策的地方。我满心希望您下学年继续留在鹏举，当然，我也尊重您的选择，相信您做出的任何决定都是有原因的。但我能不能问一句，您为什么要离开呢？"

"我……"话到嘴边，郝老师又生生地收住了。思索一番之后，她告诉董慎之校长："董校长，对不起，实在一言难尽。这样吧，如果您一定要知道，我让泓姐，哦，江泓老师给您详细解释吧！"

"当然要知道。集团公司对每一位教职员工的离职都非常重视，一定要了解离职的原因，以便改进工作！"董校长认真地说。

十四 迷雾重重的西瓜

1

江泓爽快地答应了郝老师："放心吧，婧容，我知道该怎么说，这件事确实不太适合你亲口告诉校长。"

话虽如此，但挂断电话，江泓却频频摇头，眉头紧锁。该怎么跟校长说？和盘托出还是有所隐瞒？和盘托出的话，会不会对郝老师造成伤害？会不会激怒领导？若有所隐瞒，说哪些？隐哪些？另外，对领导隐瞒会不会反而对郝老师有害无益？

唉，郝老师也是命运多舛。本来想尽力隐瞒的事情，偏偏被两个热心的孩子给捅破了，以致骑虎难下、进退维谷。接下来她该怎么处理和学校、校长、同事们的关系？如果她毅然决然离开另当别论，若由于各种原因选择了留下，这一页又该怎么掀过去呢？

2

按照和校长的约定，江泓直奔学校小会议室。虽然她觉得在这个"高大上"的场所谈论郝老师的事情有点儿别扭，但鉴于现在的情况，恐怕也只有如此了。

走着走着，江泓渐渐厘清了自己的思路。一定要一股脑儿对校长说出郝老师的困难，只有这样才可能让她免于再搬家、再适应新环境的折腾。大夏天的搬来搬去，可怜的小安安该遭受多少罪啊！

"既然郝老师把这个事情交给我了，我就全权处理吧，相信她不会怪罪我！"江泓自言自语，以此给自己打气。必须这么做，否则不仅帮不了郝老师，也对不起校长的一片诚心。她不由得想起刚刚和校长的对话——

"对不起江老师，我现在暂时没时间。您看……"

"好……吧，您先忙，董校长！"江泓故意答应得很艰难，"好"和"吧"两个词之间拖得很长，从这个词到那个词之间，由一段岁月、一种无奈感隔开。

果然，董校长改了主意："这样吧江老师，您之所以给我打这个电话，一定是受人所托，有可能的话您到小会议室找我吧。"

按道理讲，小会议室应该干净整洁，但此刻，里面文件堆积如山，档案袋也是成摞地堆着，空的满的都有。

董校长见江泓进来，热情地站起身来，示意江泓坐下。

"不好意思，因为申报省级示范中学，这一段时间特别忙。本来约好了在这里见专家，索性早来一会儿。"

董校长的这番话对江泓实际上是一种鼓励。校长临时改变主意，宁愿增加工作量也要尽快见她，这就已经充分表明了态度。就冲着这份真诚，她也应该毫无保留。

"董校长，我是替郝老师来的。"

"我知道。"两个人的语气都很平静。这是良好的开始。

3

江泓注意到，董校长的表情随着她的讲述在变化，完全不是配合性的、作秀式的，而是感情产生了共鸣。

江泓讲完最后一个字，长长地舒了一口气，像放下了一个山一样重的包袱。

"江老师，请您转达我的愧疚之意，这些话当郝老师的面或在电话里都不好说。"董校长自责道，"我以为自己还算是一个尽职的人，但您的讲述让我否定了这种自我感觉良好的错误想法。"

"郝婧容老师是深受学生喜爱的、非常敬业的老师，我女儿和她的同学豆秀秀在我面前无数次夸她。"江泓忽然意识到了什么，抱歉地笑笑，"当然，我并不是因为女儿喜欢郝老师才……"

董校长摆摆手："江老师是在为学校着想，我明白。从一个学校的角度，客观地说，能够拥有一批好语文老师是非常重要的。因为语文这门学科的特殊性，它对学校的影响往往不能仅从成绩上来体现，它对学生和学校的影响都是全面而深远的。从这个角度来说，语文老师恰恰是最重要的。因此，我对郝老师这样的同事是很珍惜的。但学校乃至集团公司一定会充分尊重她的辞职意向，大概率会批准，除非郝老师改变主意，不交辞呈。"

"那董校长您的意思是……"

董校长稍加思忖，说："从个人情感上，我完全站在江老师您这边，想让郝老师留下来。但作为一校之长，我不能立即答复您。我会尽快提交校董事会商议，拿出适宜的方案后再上报集团公司，希望能获得集团公司的批准。"董校长游移着右手，给江泓指点着堆积如山的各种文件，"申报省级示范中学的工作千头万绪，我恨不得把学校的保洁工都组织起来。以后的这段时间里，如果江老师觉得我的反馈速度迟缓的话，还请您多跟郝老师美言几句。等等我，相信我！"

江泓又何尝不知董校长的繁忙，再说，学校的工作根本不是他一个人一拍脑门就能决定的。但在她看来，只要学校有足够的诚意，要让郝老师留下来并不难。

她还预感到，在郝老师离职的事情上，两个小姑娘——她的小蔷薇和豆秀秀，肯定不会按兵不动的，她们的"好心"不知道还会干出什么"坏事"。

对于郝老师即将离开鹏举的事情，夏梓柠及同学们的情绪正在发酵。

有的同学猜测，一定是学校对不起郝老师，才让她动了离开的念头。这部分同学放言："干脆，我们也学习一下古人，来个联名上书，甚至学习我们的革命先烈，写一封血书，呼吁学校给郝老师加工资，这样郝老师不就不走了吗？"

"反对派"立即反唇相讥："你这馊主意纯粹是为了尽早赶郝老师走。"

夏梓柠觉得后面这类同学挺深刻的，思想认识正接近她的水平。就算郝老师是因为工资的原因要离开，大家这一闹腾，学校会就范吗？如果给郝老师涨了工资，其他老师因为各种原因闹着要走咋办？岂不成"会哭的孩子有奶吃"了吗？我要是校长，偏不涨，不仅不涨，还要打击这类老

致青春 · 成长书系

师的"嚣张气焰"！再想想郝老师，她该有多尴尬！学生给校长写"血书"，她本来完全蒙在鼓里，会不会让校长认为是她指使的？只要一投到校长信箱，无论工资涨与不涨，郝老师都非走不可！

也有同学无动于衷。不爱学习的同学认为，谁教还不是一样？爱学习的同学也认为谁教都一样，老师只是外因。再说了，离放假还有几天，一开学就是初三，何苦为一位即将成为"过去式"的老师搞得鸡犬不宁？

当然，也有同学支持郝老师离开，水往低处流，人往高处走，走是郝老师的权利，我们有什么资格干涉呢？

夏梓柠不想加入任何一派，只是暗暗听着他们的议论。她不屑于像班里有些同学那样肤浅，只流于嘴上说说。她表面上像在写作业，其实根本无法集中精力，只是在纸上胡乱涂画而已，但从另一角度来分析，她又似乎"自有妙计"。

豆秀秀呢，似乎正在修炼把自己坐成石头的某种大法，又似乎在酝酿着一个大的行动。这是暴风雨前的平静吗？夏梓柠心里有些嘀咕。自从豆秀秀受了她的"忽悠"，打出给校长写信和逼迫老爸给校长打电话这套"组合拳"之后，话就明显少了，像极了一位武林高手瞬间耗尽了功力。

说来奇怪，豆秀秀的信早已投进校长信箱了，怎么毫无动静呢？难道校长还没看到？还有秀秀老爸，难道还没给校长打电话？应该不会啊，女儿都发出最后通牒了，他怎么敢不听？

心绪难平，夏梓柠眼前一片迷惘。

看来，得问问老妈了。

5

有了更多的第一手资料，江泓又沉浸在论文里。屈指而计，约定交稿时间已迫在眉睫。从市有关部门领受研究课题之后，她的论文《农村留守儿童心理分析与解决方法初探》已成为当年的重头戏，领导和编辑都翘首以盼，渴望论文早日面世，为解决农村留守儿童心理问题增添一份理论上的支撑。

她耳畔似乎又响起项目组领导的话："江泓老师，请您加快步伐啊，听说兄弟课题的论文都接近尾声了。您知道，我们的经费能否真正落实，全靠您一支笔了！"领导的话表面在商量，在恳求，其实是在施加压力。

她的眼前又飘过夏梓柠大伯的眼睛，那是一双老到的，甚至可以说狡黠的眼睛，深不见底，于是她心里不由得又产生一种排斥，对一类人的排斥、对论文的排斥。她无数次警告过自己，身为鹏举中学心理健康课老师兼心理咨询室创办人，把一个人的错误扩而大之，甚至将一类人"妖魔化"，把家庭矛盾社会化，这样做太武断了。但无论如何，她都难以让心情平复。幸好，豆秀秀奶奶、邻居和豆秀秀又及时浮现，她才渐渐平静下来。

江泓在电脑前的挣扎，对论文态度的反复无常，时而寒冬时而酷暑的拉锯战，夏梓柠看在眼里，急在心里。

前段时间妈妈改变了不少，这应该归功于两次去豆花蹊的经历，尤其是豆秀秀奶奶的纯朴善良打开了她的心扉。可现在，回来已经有些日子了，压在妈妈心上的那块石头又慢慢显出了它顽固的重量，估计妈妈又回到原来的思维定势上去了。如果不克服这一心理障碍，要保质按时地写出

致青春·成长书系

她的论文——悬。

夏梓柠从冰箱里拿出一个冰激凌，窝在沙发上，先让冰激凌为自己的头脑降温，再寻求帮助妈妈的办法。

郝老师的事情还没解决，妈妈又需要她出手相助了。"我夏梓柠该有多么重要和多么优秀啊！"夏梓柠对冰激凌说。冰激凌冷冷地看着她，默不作声。

6

午后，一天中气温最高的时段。

江泓正慵懒地躺在沙发上，什么也不做，什么也不想。电脑开着，显示论文编辑的界面，主机风扇有些聒噪，加重了她心里的烦躁。电视里，穿着妖艳的歌手正唱着一首动感十足的歌，堪称"麦霸"的江泓听出，歌手唱错了几个音，但她还是旁若无人地连唱带跳。一曲结束，一名胖胖的、扎小辫的男评委对该名歌手给予了高度评价，说她的歌令他"想到了童年，想到家乡的小荷塘和童年时妈妈做的米糕"。男评委的奇葩口味让江泓更加烦躁："什么玩意儿，一首漏洞百出的歌和童年、米糕有半毛钱关系！"

忽然，手机响了，是一个陌生的号码。犹豫了一下，江泓还是接了。或许是心理咨询的人要预约呢，可不能让信任她的人心凉。

电话那端，语气似乎有些犹豫，但一说话，江泓还是听出是谁了，她"噌"的一下坐起来，警觉地问："有事吗？"

"二婶……"夏梓柠堂哥的口气渐渐顺畅起来，"天太热，我给您和二叔，不，给我妹妹送几个西瓜。"

"家里有，冰箱都快放不下了。"江泓口气柔软了不少。

"我到学校大门口了，您让我二叔下来拿吧，或者您给门岗打个电话，我开进去。"

夏梓柠从卧室飞出来："妈，谁的电话？老爸吗？"

"你堂哥，说给你送了几个西瓜。"

夏梓柠高兴得直拍手："我最爱当吃瓜群众，在哪儿？我去拿！"

"就说了一下，谁知道在哪儿，谁知道送不送！"江泓干脆关上电视，口气严厉地阻止女儿，"天像蒸笼一样，不准下去！就算送来也不去，几个瓜值几个钱？它们是诱饵，不知道想钓走咱多少钱呢！"

"妈，既然大哥都送来了，这么热的天，怎么也得下去见见啊！您是人民教师，又是心理专家，怎么能这样呢？您不去我去！"

江泓只得就范，给门岗打了电话。

夏梓柠母女俩站在楼下，远远见一辆小型货车驶来，转眼间已到跟前。

堂哥把车停稳，轻盈地跳下车来，热情地跟二人打招呼："二婶、小妹！哟，小妹，长这么高了！"

夏梓柠大伯随后从副驾驶的位置上下来，喃喃地说："弟妹、小蔷薇……"

原来自己最讨厌的人也来了。江泓看了夏梓柠一眼，见女儿表情风平浪静，虽有些奇怪，但也没说什么。

夏梓柠绕到车厢边："哇，那么多！"

"小蔷薇，这是咱家自己种的，个大水灵，沙瓤糖多，清凉解渴，营养丰富，放冰箱里更好吃哩！"大伯又转头对江泓说，"弟妹，今年瓜特别好吃，你多吃点儿。放心，用电视上的话说，咱这瓜是百分百纯天然，零添加零残留，绿色环保无污染。"说着，不由分说就往下搬，由夏梓柠带路，和儿子一起搬着瓜上楼。

江泓要动手搬，被夏梓柠大伯拦住了："弟妹，你就别动手了，天太热！"

上上下下好几趟，父子俩累得满头大汗。江泓招呼二人坐下歇歇，喝口水再走，夏梓柠大伯说："不啦，还有老远的路要走哩！给天宇说一声，说我来过就行啦！"说着就往门外走。

江泓于心不忍，但又不好拉拽，只得任由二人离开。

夏梓柠边穿校服边说："大伯、大哥，正好我要去教室，咱一块儿下去。"

走到门口，夏梓柠大伯说："弟妹，俺是个农民，没啥文化，以往有做得不好的地方你多担待！"

"二婶，俺奶身体好着哩，您和二叔放心吧，家里有俺哩！"夏梓柠堂哥男子汉十足地拍拍胸脯，发出"咚咚"的响声。

江泓重新窝在沙发上。她目光不再像先前那样懒散，盯着那堆西瓜很久，似乎在接收着来自大地和天空的神秘讯息。西瓜们睁着溜圆的眼睛回应着她，目光平静却满含深意。

忽然，她心里一亮："好你个蔷薇丫头！"

她明白女儿的用意了。女儿一定看到了她写论文的艰难，觉得她没有走出对大伯怨恨的心理阴影，就设了一个"局"，帮助她消除心理障碍。可是，大哥那么圆滑鬼精，怎么会轻易被一个小孩子欺骗，心甘情愿地配合？莫非……他早已心怀歉疚，要趁机修复关系？

下午没有课，江泓本来想睡一觉，积攒写作灵感，但眼前这些新鲜可爱的西瓜精灵似乎与她心灵相通，无言地告诉了她很多她不愿细想、不愿正视的事情。瞬间，慵懒全部随风飘散，她一跃而起，冲到电脑前。

她觉得，自己渴盼已久的东西终于回归了！

7

转过楼角，夏梓柠拿出准备好的一沓钱，递给大伯。

大伯把手尴尬地背到身后，沉下脸来："小蔷薇，你这是弄啥哩？"

"大伯、大哥，这是我的压岁钱，你们一定要拿着！"夏梓柠把大伯的手拽过来，往他手里塞。大伯执意不要。

"你们这是干啥？自家人，不要这样推来推去，让人家笑话！"堂哥大大咧咧地接过钱。

"你！"大伯气不过，对儿子说，"你小子钻钱眼儿里啦？"

堂哥无比甜腻地在钱上吹口气，笑笑："这是我小妹的心意嘛，不拿白不拿！"

路上，夏梓柠的堂哥开着车，哼着完全听不清是什么词的rap（说唱）歌。

大伯忽然问："小子，你是不是在骗俺？"

堂哥停止哼唱，把车速略微降了一些，说："爸，你说啥？"

"你说你二叔二婶请俺过来商量事是吧，你二叔根本没在家，你二婶一点儿都不热情，这是商量事的意思吗？"夏梓柠大伯长叹一声，"唉，你爹老啦，打一辈子鹰也有被鹰啄眼的时候。"

夏梓柠堂哥诡异地笑了。他知道，老爸那么精，怎么可能这么容易被骗？老爸只不过是嘴硬，不愿点破罢了。看来，这么多年来的兄弟不和，随着年龄的增长和家庭经济条件的好转，老爸已能心平气和地思考原因了，也知道以前他做得过分，伤害了家人，责任在他，正好趁机装糊涂，向二婶抛出橄榄枝。这是老夏家天大的好事啊！

有一次，老爸在看一个认亲的电视节目时，眼里满含泪水。还有一次，老爸站在老宅前很长时间，若有所思，嘴里反复念叨着什么，仔细听来，像是二叔的名字。这两个情景让他感触很深。正因如此，他和小蔷薇"里应外合"，"诱骗"老爸到二叔家送西瓜。

他故意跟老爸打哈哈、推太极："爸，我二叔高大帅气，二婶个子也高挑，我小妹却像个营养不良的小树苗一样，又细又弱。她是不是抱来的呀？"

大伯大怒，呵斥道："你小子就是狗嘴里吐不出象牙，胡扯啥！照你这么说，你二叔高大帅气，再看看你老爹俺，难道你也怀疑俺是你爷你奶抱来的？"

堂哥吓得吐吐舌头，不说话了。但他看到老爸表面上冷冰冰的不近人情，实际上却本能地维护二叔一家，感到很高兴。

唉，还是小妹有办法，虽然年龄小，但到底读了很多书，城里人真是见多识广。要不，他这榆木疙瘩怎么也不会这么开窍。他想起和蔷薇小妹在电话里的约定，不由得笑了。

回到家，夏梓柠的堂哥把钱拿到奶奶面前，故意把钱扇得哗哗作响："奶奶，这是小蔷薇妹妹给您的钱，说是让您买身凉快衣服，您拿着吧。"

奶奶颤抖着双手接过钱，惊喜地问孙子："你见着小蔷薇了？见着你二叔二婶没？"少顷，她又责怪道："你小妹的钱你也要，你还有脸当大哥吗？”奶奶见孙子哼哼哈哈的，心里有些狐疑，追问道：“小蔷薇有没有说，她啥时候回来看俺？”

夏梓柠的堂哥仍然机械地点头。

奶奶眼里忽然闪起了泪光。

十五　三个"臭皮匠"

1

晚上，夏梓柠回家了，见妈妈正噼里啪啦地敲着键盘，十分快慰，就蹑手蹑脚地想回卧室。

江泓听到了女儿开门的声音，她赶忙站起来，来到客厅。

见妈妈笑意盈盈地出来，夏梓柠还没来得及调整表情，只见妈妈的脸色又阴沉下来。

"妈……"夏梓柠一时不知该从何说起，更不知该用什么口气说。

江泓的表情之所以阴晴不定，是因为她的内心在激烈斗争：她特别想向夏梓柠"逼问"送西瓜的"内幕"，以佐证自己的判断，她可不想糊里糊涂当"吃瓜群众"。但转念一想，还是让女儿觉得老妈没有察觉，让她多些成就感吧。心理学认为，时常被成就感"宠"着的孩子更自信，进步的动力更足。

同时，她又在一种温情的驱使下想和女儿亲热亲热。这么小的孩子，学习本来已需要分秒必争、殚精竭虑了，还要操整个"江湖"的心，光这种责任感就值得自己骄傲的了。还有她的论文，写得超乎想象的顺利，这都让她由衷地高兴。但她还是沉住气，没让夏梓柠看出来。

奇怪而陌生的一阵沉默之后，还是夏梓柠打破了尴尬："妈，什么是省级示范中学啊？"

江泓一时被问住了，她迅速组织语言，说出了自己的理解："示范就是表率，就是榜样，应该就是可以当其他同类学校榜样的那种学校吧。"

"申报成功了有什么用呢？是不是在瞎折腾？"夏梓柠表面上在虚心向"老前辈"请教，其实是没话找话。

"具体我也说不清，这不是我的研究范畴。我想，如果被评上了，学校的名气会更大，名师都愿意来，招生就应该更有主动性了。"

"申报成功，难度大不大？"

"这老妈可就不知道了。不过，我问过校长这个问题，他告诉我，难！因为竞争学校太多、对手太强。不说别的，鹏举中学的建校时间和历年中招成绩跟人家都没法比。"

夏梓柠当然知道学校建于何时，以及命名为"鹏举"的初衷。"九万里风鹏正举""大鹏一日同风起，扶摇直上九万里"，学校的定位很"高大上"，这也是她为学校感到骄傲之处，她当然希望学校如愿以偿，获评省级示范中学。

"哦。"夏梓柠似乎很失望的样子。

"不过校长还说，如果有特殊的亮点，比如非常突出的好人好事等，会额外加分，可让学校的名次提前。"说到这里，江泓奇怪地问，"小蔷薇，你问这干吗？"

"同学都说，学校正在申报省级示范中学，每天都有专家来学校。可以在这方面想想办法……"

江泓惊愕地大声说："你可不能跟着这些同学乱来，光这思路就让人

'细思极恐'。要申报示范中学，校长肯定不愿学校有任何'污点'，如果你们班同学在某个时间和地点'巧遇'来考察的专家，告诉他们郝老师要离职的事，学校申报的事可能就黄了！"

这些孩子啊，真是单纯而善良。有社会责任感，这无疑是好事，然而，单纯可能就意味着会好心办坏事，而善良则容易受人利用。郝老师是好人，既不想打扰别人，更不会利用别人，也不应该如此被人打扰、被人误会。江泓沉吟着，急得直转圈。

"我料定他们只是偶尔异想天开，瞎想罢了。如果说真有人愿意赴汤蹈火的话，这样的人我们班没几个，其中必须有我和豆秀秀。但我不愿意这样做，也不会让秀秀冒险。老妈，您就把心好好放肚子里，专心对付论文吧！"

"好，冷静处理好。我已经跟校长谈过这件事，校长近日就要给我答复。你们都是孩子，大人的事情千万不要再插手了。尤其是自我抹黑的行为，想都别想！"

"老妈您真牛，真乃世界第一侠女也！"夏梓柠调皮地唱完这文白夹杂的颂歌，情不自禁地在江泓脸上"啄"了一下，"我果然没看错您，所以才投胎让您当我妈！"

江泓脸上掠过一片奇怪的云，但旋即就飘散了。她边往书房走边说："有时间了给你奶奶打个电话，问候你奶奶、大伯和两个哥哥，让奶奶保重身体。告诉他们，有时间了你回去看他们。"

夏梓柠欣喜若狂："得令！"她知道，妈妈已经解开心结。有了好心情，她的论文就要完工了。

见女儿兴奋得张牙舞爪的，江泓又严肃地警告说："先别告诉你老爸，别让他破案分心。"

"妈，您就这样甘愿自己被人当'恶人'看？"

她知道女儿在心疼自己，就幽了一默："青山不改，绿水长流，后悔无期！"

2

接下来的日子，江泓的论文写得果然很顺利。在豆秀秀家见到的所有人的音容笑貌都浮现在脑海，包括郝老师亲戚为她提供的资料也鲜活无比。所有的感情都凝聚于笔下，所有的责任都化为文字，所有的理想都鼓噪着，让她在无限广阔的时空里以思想为马，肆意驰骋。在意念中，农村，以博大的胸怀迎接她；农民，以感恩的心情喊着她的名字；原本孤独的孩子，脸上渐渐露出明艳的笑容。即使以往的不快，也化为美好的回忆，成为她写作的沃土。

她打字飞快，这是上大学时练就的"童子功"。

农村留守儿童问题，表面上看是儿童的问题，其实涉及各个年龄段。留守儿童的心理呵护和重建，表面上看是一个家庭面临的课题，实际上更应该是整个社会的责任，是每个富有责任感的人的渴望。滴水藏海，路自脚下，我们不能仅仅停留在同情、愤怒、呼吁的层面上，更要付诸行动，从今天做起，从点滴做起，从你我做起……

敲出最后一个字，江泓感到浑身舒坦，她伸了个懒腰，美美地。接下来先休息一下，之后再修正几番，应该就大功告成了。

就在此时，董校长的电话打过来了。不愧是董校长，他的眼睛具有穿透时空的神力。

"喂，您好，董校长！"心情大好，她的声音里竟然有了些许高兴的味道。

董慎之校长告诉江泓，集团公司一向爱才，凡是千里马，都想收归麾下。但遗憾的是，听了郝老师的事情之后，集团领导似乎并未表现出他所期待的热切。

"个中原因嘛，领导没明说，我也不好细问。"校长有些含糊其词。

校长这句话其实约等于说"爱莫能助，由她去吧"，看来这段时间白盼了！早知如此，何必把郝老师的难处一股脑儿倒出来呢？

江泓忽然觉得对不住郝老师的一片托付，她一下子被痛悔和失望攫住，就机械地对电话那头说："哦，我知道了，谢谢您，董校长！"就主动挂断了电话。

论资历，郝老师年轻，来鹏举中学时间短，对企业文化尚未发自内心地接受，企业会与她同舟共济吗？一个"新兵"，走就走呗，犯得着领导兴师动众地挽留吗？江泓尝试着站在集团公司的角度考虑。

但她忽然想到一个问题，一下子觉得脊背发凉。

3

郝老师家里有一个天使综合征患儿，这类疾病尚无治愈之法，即使将来医学足够发达了，要治愈恐怕也是遥遥无期，因此，郝老师简直无异于一个无底洞。学校是集团公司投资所建，表面上是出于情怀，但放眼天下，哪儿会有不想赚钱的投资？若挽留住郝老师，就等于把一个无底洞留下了，要填满它需要多少财力？

江泓正感到心寒，不料董校长的电话又打过来："喂，江老师，刚才怎么断了？您那边信号不好还是我这边？"

董校长告诉江泓，凡事都要一分为二地看。集团公司虽然没就挽留郝老师的事明确表态，但也没说反对的话。这就等于给他一个暗示：要尽力挽留一位有才华、有责任感、深受学生喜爱的优秀老师！

"如果专为郝老师破格提工资，我没这个权力，这既不符合集团公司的薪资规定，也不利于教师员工之间的安定团结，搞不好还会完全孤立郝老师，想帮她反而害了她。"董校长似乎感觉到了江泓的失望，便提高声音，并加入了兴奋的语气，"但我可以另想办法，比如，我可以让教务处多为郝老师安排一个班的课，这样她的课时补贴和各种奖金就多了。让排课老师排课程表时多考虑她需要照顾孩子的实际情况，为她安排最好时段的课；可以向集团公司申请，以救助特困员工的名义给郝老师发放一笔救助金……"

虽然校长照顾的对象不是她，但江泓依然感觉到身心暖暖的。听起来，董校长的想法还是挺有吸引力的，在他职权范围内也肯定能实现。郝老师应该能"回心转意"吧？不过也难说，她之所以要离开，一个重要原因当然是经济压力，但还有似乎更为重要的因素，比如她渴望到更高一级的学校去，她渴望教高中语文，甚至是大学语文。她的愿望是到大城市工作和生活，而这一点鹏举中学是不具备的，毕竟潋颍市是一个普通的地级市，和知名旅游城市、省会城市不能相提并论。

"郝婧容啊郝婧容，一只大鸟拖着一只病恹恹的雏鸟满世界飞，真的是最合适的办法吗？"江泓长叹一声。这个问题，作为从事心理学研究的她似乎回答不了。

4

带着董慎之校长满满的诚意，江泓决定再访郝老师家。

她特意带上了夏梓柠。去前，她郑重其事地对女儿说："小蔷薇，你先在沙发上坐稳了，因为接下来我要告诉你一件事，一件和郝老师有关的事。"

有了这剂"预防针"，听了妈妈极力使之平静的叙述后，夏梓柠还是惊得嘴巴张得老大老大的。

她一向见到的是知性开朗的郝老师，听到的是郝老师声情并茂的语文课，想象到的也都是郝老师在办公室快乐备课、在家里幸福生活的场景，但她无论如何也想不到，郝老师竟然有如此令人同情、让人难以承受的"幕后"故事！

她无法设想郝老师的每一天究竟是怎样的沉重，更无法设想郝老师究竟怎样做到把山一样的重担暂时放在一旁，以甜美的面貌出现在学生和同事面前的。但她可以设身处地地想想，如果她是一个罕见病患者，妈妈会是怎样地痛苦和无助；如果家里有一个久病的弟弟，妈妈和她又该是怎样地手忙脚乱。

因此，当母女二人同往常一样从蔷薇花的芳香中穿过，从人们的欢声笑语中穿过，从白云悠然、鸟儿亮羽的缓慢时光中穿过时，夏梓柠觉得，一切都和以往不一样了。

5

夏梓柠见到了安安，她"有生以来"见到的年纪最小的罕见病患者。

安安小脸那么精致，笑容那么可人，胳膊腿一屈一伸的，那么可爱！她恨不得立即把安安抱在臂弯里，托在手心里，像亲弟弟一样呵护他、疼爱他。

她想起妈妈说的，安安是一个天使综合征患者。她第一次听说这种病，现在却无论如何也无法将可爱的安安和这种病联系起来。

此刻的安安，举手投足都像极了一个天使。夏梓柠蓦然憎恨起为这种病起名字的人来。"天使"二字固然能拉近与患者之间的距离，削减人们对这种病人的排斥或恐惧，但会不会因为这种疾病的名称过于诗意，让人们忽视了对它的研究和治疗？难怪这种病目前还没有根治的方法，极可能因为它的名字不具备令人恐惧的震慑力，不能给人造成足够大的压力。

6

听了江泓的反馈后，郝老师感动地说："谢谢你，泓姐！我觉得董校长已经为我考虑得非常周到了。"

"所以呢？"江泓盯着郝老师，满眼渴望。

"你……让我考虑考虑吧。"郝老师犹豫着说。

夏梓柠凭自己可怜而苍白的人生经验也知道，这不过是个托词，郝老师不想让妈妈失望才这样说的。看来，校长开出的优惠条件并未打动她。夏梓柠心里不由得一阵难过，她不仅为自己将要失去一位好老师而难过，更为安安弟弟而难过。这么小的人儿，蒸笼一样的热天，像"喵星人"一样被妈妈衔来衔去的，他受得了吗？

"我希望你认真考虑一下，但我尊重并支持你的任何选择。"出门时，江泓轻抚郝老师的肩膀，眼睛看着安安的方向。很多时候，母亲的理想越远大，或许孩子的困窘越强烈呢！只有将理想和孩子能承受的现实结合起来，事情的结果才可能是最合适的。但她没说出这句话。

"安安弟弟，再见啦，要好好滴！"夏梓柠轻柔地握住安安的小手，像童话意境一样柔软细腻的小手。安安灿烂地笑着，似乎早在某一个晨梦里就认识了这个小姐姐。

夏梓柠决心做些什么——为了郝老师，也为了安安弟弟！

7

夏梓柠决定把事情的原委告诉豆秀秀。两个臭皮匠，顶个诸葛亮，更何况她们俩都冰雪聪明，人见人爱、花见花开呢。

夕阳照过来，"读书角"亮了许多。有些花枯萎了，落在地上，原本已失去了美感，但经过夕阳的精心装饰，霎时漂亮起来。夏梓柠仿佛听见一个声音："不要为我难过，我的生命并没有结束。我会将自己变成花肥，绽放在妹妹的笑脸里，待到明年，你还会见到我。"

就在这样的绚烂氛围里，听罢夏梓柠的讲述，豆秀秀却哭起来了。虽然她用双手紧紧捂住嘴，但哭声终究不安分，还是从细细的手指缝里钻了出来。

夏梓柠有意给自己的同桌空出一段释放情绪的时间，她不忍心打扰豆秀秀。过了一会儿，她忽然叫停："够了，别哭了，我给你讲郝老师和安安的事，不是请你为我演悲剧配音的！"

"那你想让我干什么？"豆秀秀虽然在努力克制，但依然抽抽搭搭，"我又不能变成安安，让他变成一个正常孩子，把病留给我自己！"

十六　惊喜

1

晚自习后回到家，夏梓柠顾不上休息，确认老妈不在家后，就打开了电脑。

妈妈若在家，肯定又要百般阻拦，勒令她赶紧睡觉。一见她打开电脑，妈妈总是非常严厉地说："都初二了，少玩电脑，更不要在电脑上乱翻找文件。我那些文件都很重要，你给我误删了咋办？"这种严厉让她无数次产生这样的感觉：妈妈是不是太神经过敏了？电脑上是不是有什么不可告人的秘密？百思不得其解后，她便使出自我安慰的撒手锏——唉，在父母眼中，孩子如果上会儿网，成绩大概就会像鲜草莓一样容易腐烂吧。

夏梓柠打开的网页是关于"天使综合征"的。不查不知道，一查吓一跳。在搜索引擎上输入这五个字，瞬间跳出的结果竟多达三四百万个！有为这种病下定义的，有介绍症状的，有总结治疗经验的，图片加文字、提问加回答、视频加解说……夏梓柠暗自感慨，原来关注这种病的人这么多啊，她为自己的孤陋寡闻感到惭愧。

妈妈一定查过这种病了，但以她风风火火的急脾气，加上时间仓促，查得肯定不透彻。她要沿着妈妈的目标前进，如果和妈妈合力，让郝老师改变想法，让安安少受点儿苦，再累也是快乐的。

忽然，她看到了一篇文章，其中有这样一段："在英国就有一个名叫埃博妮·约翰逊的4岁女孩，从来都没有停止过微笑，她不仅有严重的学习障碍，生活也无法自理，至今都还在使用尿布，这些都是典型的天使综合征的症状，就是因为这样，她只能上当地的特殊学校。但是政府将要关闭这所学校，她的父母为此到处奔走……"

老是笑，看来和安安差不多。难道安安无比纯净、惹人怜爱的笑容竟是一种病态？夏梓柠无论如何也说服不了自己。再加以分析，夏梓柠发现，小女孩的笑从未停下过，这又和安安症状不同。这是不是可以证明，安安的症状要轻点儿？如果真是这样，安安的治疗费用可能会少点儿，难度也会小点儿。夏梓柠想，或许可以从这个角度说服郝老师。

这篇文章还有两段这样的介绍：

虽然相关的基因治疗已经有了头绪，但是还处于实验当中，所以目前并没有很好的治疗方式。只能通过定期的康复训练，缓慢提高孩子的语言和运动能力，还可以服用一些抗癫痫药品。

天使综合征就像美人鱼综合征一样，是一种受先天基因影响的疾病，但是相信在不久的将来，科学家肯定能研究出基因治疗的具体方法。

这两段的宗旨是向患者家属传递希望——虽然暂时还没研制出根治的方法和药物，但一定会研制出来的，只是时间问题。从这个角度而言，郝老师似乎不必太过焦虑，如果她因为情绪失控加上工作劳累倒下了，安安怎么办？

夏梓柠又看到了一个网页。她心情无比激动地打开，一目十行地看完，立即想把这个巨大的搜索"成果"跟妈妈分享。蓦地，她才想起，妈妈还没回家。

看看电脑右下角，深夜十一点多了，妈妈去哪儿啦？

她拨通了妈妈的电话，没人接。不会出什么事吧？妈妈以前从没回来这么晚过。于是，巨大的恐惧感压下来，她忽然发现，担心、恐惧、思念、寂寞等看不见摸不着的东西，原来都是有形状、有颜色、有重量、有温度的。现在，它们同时出现在她的心头，把她的心挤得鼓鼓胀胀的，压得沉甸甸的。

要是妈妈出了什么事，她该怎么办？这时，她似乎更能体会到郝老师的压力，也更能体会到豆秀秀的痛苦了。

要是豆秀秀遇到这种情况，她会怎么办？夏梓柠心里暗暗比较，然后得出结论：秀秀一定不会像自己这样恐慌。

"豆秀秀能做到的，我也一定能！"她自言自语着，攥紧拳头为自己壮胆。

夜色浓重，越发显出校园的静谧。透过窗户，夏梓柠向外望去，不远处的各种花树在风里轻轻摇曳，影影绰绰间，如梦似幻。她索性打开阳台窗户，霎时，一股花香轻盈入户，无形无声，却沁人心脾。

花香啊花香，你既然是从外面飘来的，想必见多识广，你能告诉我，妈妈在哪儿？什么时候回来吗？

2

溆颍市最高档的一家咖啡馆里，江泓和溆颍市一家大型企业的王总面对面坐着。灯光温柔地抚摸着每一个卡座，色彩变幻间，人们轻声细语，好一派诗意满满的景象！

在这样的氛围里，江泓正跟王总商谈一件大事，不，两件大事！

江泓用精美的咖啡匙轻轻搅动咖啡，诱人的香气瞬间被激发出来。她笑意盈盈地说："王总，您上次说的事情，我答应了！"

"谢谢您，江老师！这样的话，相信我公司的经济效益会更上一层楼的！"

"不，王总，我只是一个心理咨询师，不是经济学家，我无法给贵公司带来直接的经济效益，您最好别抱太多期待。"江泓优雅地呷了一口咖啡。

"江老师不必过谦。员工的心理健康了，肯定会刺激企业发展。您是专家，当然比我更清楚！"

原来，前段时间，王总遇到了难题。企业蒸蒸日上，员工们越来越忙，工作导致的心理压力日渐凸显。若不及时解决，公司的事业势必会遭遇瓶颈。经人介绍，王总找到了江泓，想聘请她做公司的心理顾问，但江泓因为诸事缠身，无暇应对，就说回去考虑考虑再答复他。即使是夏梓柠这样的小孩子也会理解成婉拒，但王总很执着，精诚所至，金石为开，江泓最终被打动了。现在，论文初稿已完成，她觉得，让一个企业家无限期地等待也很不礼貌，就答应了他的邀约。

"王总，我有一个小小的要求。"见王总专注地听着，江泓说，"我想请您献点儿爱心。"

从豆花蹊回来之后，她一直记着对高书记和豆主任的承诺，更忘不掉秀秀奶奶痛苦的表情。她让夏梓柠问过豆秀秀，秀秀说，村里每天都有人照顾奶奶，奶奶的脚恢复得差不多了。尽管她稍稍放下了牵挂，但为空巢老人们配手表的心愿至今仍未达成。

"江老师尽管开口，您说的事情，只要在我能力范围内，一定办

致青春·成长书系

好！"王总像宣誓般举起右手。

"是这样，我的一个学生，她们村有几位空巢老人，身体不好，腿脚不灵便，一旦有个头疼脑热的……"

"我明白了，江老师是想让我在这个村，哦，叫什么村来着？投资建一个养老院，我猜得对不对？"王总端起杯子，举到江泓面前。

江泓笑着竖起大拇指："王总果然豪爽，我先替老人们和他们的家人谢谢您的慷慨与情怀！但建养老院的事情可从长计议，如果您真有此意，我可以联系您和该村的高全功书记对接。养老院建成后，不仅对豆花蹊一个村的老人们有益，甚至可以惠及附近几个村子的老人，或许是一个经济效益和社会效益双赢的项目呢！"江泓轻轻碰一下王总的杯子，轻呷一口咖啡，"目前我想请您为老人们每人买一块一键呼叫的手表，再为村委会买一台配置高的电脑，和手表建立连接。"

她跟王总开玩笑说："您别太害怕，王总，我国虽已进入老龄化社会，但这个村这样的老人家并不多。"

"就这？小意思！"王总满口应允，"来，为我们的合作愉快干杯！"

3

这一夜，对江泓而言，又是一个富有意义的夜晚。

为豆花蹊的老人们解决了一个大难题，豆秀秀就少了后顾之忧，进步想必会更大。她与王总作别，信步走出咖啡馆。夜风已凉，吹在身上、脸上，像在提醒她。心里的弦一松下来，她才想起看时间——哎呀，半夜了！

忘给女儿留张纸条或打电话了，不知她已急成什么样了。她立即掏出手机，想告诉女儿，自己马上回家，但想想还是改了主意。这个点，小蔷薇早已睡熟了，就别再打扰她小人家了吧。

路上，趁等红灯的间隙，她给高书记发了一条微信："手表的事已谈妥，有多少位老人？请速统计。"

发出后，她忽然有些后悔。这么晚了还给人家发微信，这不是扰人清梦吗？

还未来得及将此条留言撤回，高书记竟然已经回复："太好了！谢谢您，江老师！"

哇，高书记这么晚了还没休息，也是夜猫子一个！江泓感慨。

她回到家，发现夏天宇竟然回家了，只是不知什么时候已经睡着，美国人布莱恩·隐内的大作《FBI犯罪心理画像实录》狼狈地掉在地板上。这家伙，神出鬼没的，家俨然已成他的旅店，回来一次真成了客人。江泓笑着摇摇头，把书拾起来，轻轻放在床头柜上。

这时，她吃惊地发现，夏梓柠站在卧室门口。

她吓了一跳，赶忙牵着女儿的手，把她送到小卧室，压低声音向女儿道歉："妈妈对不起你，小蔷薇，害你担心了吧？我还以为你睡着了呢！"

"漂亮的老妈半夜不回家，还玩消失，作为孝顺女儿能睡着？"夏梓柠连连打着呵欠。

"你呀，脑细胞都睡着一半了，嘴还这么贫！"江泓疼爱地把女儿扶到床上，"实践证明，你比你老爸对我好，老妈没白疼你！"说着，江泓向睡着的夏天宇撇撇嘴。

"老妈，您可别冤枉老爸，他也念叨您一千多遍了，没办法，只能到梦里找您去了。我等着您，一是睡不着，二是想跟您分享一下我查到的

'宝贝'。"

"又偷开电脑了？"江泓口气柔软下来，"不是不让你管吗？"

"可是我一见安安那么可爱，却得了那么奇怪的病，郝老师那么难，就……就……"夏梓柠打了个长长的呵欠。

"哦，我闺女不仅是'常有理'，还是个女侠。老妈也有喜事给你说，明天吧，你还得上早自习呢！"

4

第二天，当夏梓柠想和妈妈分享自己查阅的成果时，江泓却拒绝了："这件事就到此为止吧！"

"为什么啊？您不是一直关心着郝老师和安安吗？"夏梓柠很惊诧妈妈竟有如此天翻地覆的变化。

江泓把郝老师的微信留言打开，让夏梓柠看。

"泓姐，感谢你和小蔷薇对我和小安安的关心！但我要离开鹏举，除了经济上的原因，你知道，更有理想的呼唤。之所以用这种方式答复你，是实在不忍心当面说。"后面是拥抱和流泪的表情。

"昨天夜里她发给我的。嗯？不对，准确地说是今天，咱们都睡着之后。"面对这个既出乎预料又在情理之中的结果，江泓一声长叹。

"哦。"夏梓柠似乎早已料到，因此并未流露出太多惊讶的表情。

"越这样我们越要努力，"夏梓柠一字一顿，"为、了、安、安！"

在江泓的默许下，夏梓柠变戏法似的拿出早已打印好的材料。

江泓一看，有点儿迷惘："丫头，这……这能说明什么呢？"

是一个表格——《第一批罕见病》目录。表格第五行便是"Angelman

氏症候群（天使综合征）。"

"妈，您别心急嘛，再往下看。"夏梓柠像一个极具耐心的老师一样对妈妈进行启发诱导。

接下来是对"国际罕见病日"的介绍：每年2月最后一天是国际罕见病日，据《中国罕见病研究报告（2018）》显示，目前，罕见病约有7000种。在我国，罕见病患者近2000万。

"小蔷薇，你这资料有点儿老了，现在罕见病人数应该更多了。"

"我知道，您老人家再往下看……"

果然，夏梓柠期待的情景出现了——妈妈的眼睛里充满了光彩，像点燃了两支小火炬。

大大的题目，赫然是《疾病虽为罕见，关怀未曾罕至——我国迈出解决罕见病难题的关键步伐》，看看出处，是国家级主流媒体。

可夏梓柠看到，妈妈眼睛里的小火炬又慢慢熄灭了。

5

不论是别人评价还是自我认知，江泓都不是一个怕麻烦、怕事的人，事实上，她的秉性偏固执，"一根筋""一条道走到黑""不到黄河心不死"……这些标签都适合她。

但她在挽留郝老师这件事上感到了难度。

她又何尝不明白女儿的心思。既然天使综合征已明确被列为罕见病，国家有专项基金予以扶持，安安就有可能享受到。但女儿打印的材料上所举的例子都是外地大城市，溦颖市有这种基金吗？有罕见病患者获得这种基金的成功先例吗？

之所以说"有难度"，是因为不知道找谁、找哪个部门，完成起来困难重重，时间还长。

关键是，小安安马上要离开本市了，就算费尽心思去申请，会不会因不在本市生活而功亏一篑？

夏梓柠觉得妈妈的担心有道理。要申请这么一项重要的基金，肯定要提交详细材料，并需要本人到场。如果安安不久就离开了，还有申请资格吗？有关部门一定会说，这个人已到其他城市了，就应由新的城市管他，我们已经鞭长莫及了。就算有资格，就算申报下来，但小安安已经离开，会不会被收回？如果不收回，知道内情的人会不会投诉？现在是自媒体时代，人人都可以成为新闻的制造者和发布者。因此，听了江泓的叙述，夏梓柠也陷入焦虑之中。

夏梓柠毕竟是一个头脑灵活的孩子，她忽然想到一个问题，便再次兴奋起来。

6

夏梓柠问妈妈："您能不能告诉郝老师，可以为安安申请这项基金，让她别离开鹏举了？"

"够呛。有一个患罕见病的儿子，冰雪聪明的郝老师是不是已经知道国家有相关基金项目了？说不定她早已查过资料，并且感到申请这种基金的难度了吧？"但为了不打击女儿的积极性，江泓还是说，"好吧，我试试，但愿你的郝老师能回心转意。"

但郝老师还是婉拒了江泓母女的好意。

“为什么？”

“因为一个不仅让我无法反对，反而还愿意全力支持的理由。”

什么理由会让妈妈如此轻易地举手投降？夏梓柠不明白。难道郝老师有什么魔力让妈妈改变了初衷？难道郝老师还有什么更大的秘密不曾公开？

“老妈，您就别再卖关子了，难道您还想搞有偿新闻那一套，让我先付钱您再说？”夏梓柠急得直跺脚。

“好，老妈这就免费提供给你。还是那句话，嘴上多个把门的，在班里不能搞新闻发布啊。”江泓想了想，“哦，似乎可以跟豆秀秀说，这孩子懂事，口风挺紧的。”

夏梓柠着急得连连点头。

“郝老师告诉我，第一，她不想让安安在一个地方待的时间太长。安安不是个正常的孩子，出于对孩子的保护和做母亲的自尊，她想换到陌生环境，她认为这样会有利于安安成长。你理解吧？”

夏梓柠心里一动，她想起一个外国电影，名字叫《这个男人来自地球》。讲的是一位年轻帅气的教授约翰，每十年就搬到一个新地方。原来他是一个史前的穴居人，拥有不老之身，他怕自己始终不变的帅气面容会吓到周围的人。可是，郝老师刚搬到鹏举一学期，安安又没有自己出门玩耍的能力，甚至对门邻居都未必知道他的存在，完全没必要搬家啊。

她盯着妈妈的眼睛，想从里面看到“第二”。

“第二，你郝老师说，她之所以到那座城市应聘，是听说安安的爸爸在那里工作。”

夏梓柠大叫：“这样的‘渣男’，这种狼心狗肺的爸爸，要他干吗？”

“唉，说实话，我也不理解。不夸张地说，安安的爸爸虽然是亲的，

致青春 · 成长书系

但还不如很多继父、养父。但你郝老师说，他再不好，毕竟是安安的亲爸，她想给安安一个完整的家。尤其是安安这样'飞得慢的天使'，更需要老爸陪着'飞'。还有，郝老师的婆婆一直不知道儿子已经抛弃了他们，郝老师不想再瞒下去，一位老母亲更需要她的儿子。"

"苍天啊，大地啊！"这么大的信息量，夏梓柠头都大了！原来文文弱弱的郝老师内心竟然这么强大。这些写小说、拍电影都未必想出的情节，竟然都出现在郝老师的生活里，我不是在做梦吧？

江泓也感慨万端，郝老师的世界如此复杂，就其一生而言，是幸还是不幸？到底是郝老师虚构了这些故事，还是命运虚构了郝老师的人生？

"小蔷薇，接下来怎么办？"江泓问。

"按原计划行事。"夏梓柠不假思索。她指的是为安安申请专项基金。

"郝老师就要走了，有这个必要吗？你确定不是多此一举？"

"妈，您就别再考验我了，咱们俩互相是对方肚子里的蛔虫。"

江泓欣慰地笑了。她清楚，需要尽快摸清申请这项基金的途径。能申请下来当然最好，即使失败，也算是为郝老师积累了经验，待她到新地方后，在当地申请时会少走些弯路，让小安安能有条件尽快康复。

"妈，就靠您老人家了。您人脉广、办法多，非您莫属，我相信您会完成这个光荣而艰巨的任务！"

"你呢？"

"我在家坐镇指挥就可以了！"

…………

十七　视频里的故事

1

中招考试期间，作为考点，鹏举中学的老师们经历了一段忙碌的日子，夏梓柠和豆秀秀也因此有了几天假。假期里，征得妈妈同意，她和豆秀秀又回了一次豆花蹊。因为夏梓柠的爸爸仍是很忙，妈妈要监考，这次两个人是坐中巴回去的。别说，这种感觉对夏梓柠而言却是百分之百地新鲜。

大地铺开了金黄的毯子，毯子的幅面上绣着一行行绿色，那是树木和秋庄稼。白云亲切地俯视着这毯子，勤快的鸟儿则自觉成为联系天空和大地的使者。于是，整个世界便有了十足的动感。

刚走到村口，就看到秀秀奶奶在风中等她们。奶奶稀疏的白发在风中微微飘动，让她更加慈祥。

"奶奶，您这手镯子真好看！"豆秀秀首先发现了"新大陆"。

奶奶骄傲地把手伸出来，边向孙女炫耀，边纠正："这可不是手镯子，是老人一键呼叫手表。你高大爷说，这是高……高……高啥来着？"

"高科技！"夏梓柠为奶奶做补充。

"对，高科技！"奶奶小心翼翼地用袖口盖住，"秀秀，别弄坏了！你高大爷说，它能量血压、防走失、报警啥的，本事可大了，反正俺也学不来。"

奶奶的疼爱抚慰了豆秀秀、夏梓柠的假期，让她们每天都很快乐。这次回来，就是为了放松，既让豆秀秀对奶奶放心，又能给她鼓劲，因为接下来就要在期末考试中大显身手了。

然而，细心的夏梓柠发现，豆秀秀的眉梢似乎藏着一丝哀愁。

"秀秀，你怎么啦？"夏梓柠扳过豆秀秀。四目相对时，夏梓柠吃惊地发现，豆秀秀的双眼是红肿的。

"我知道啦，你一定是在夜里偷偷复习功课才变成红眼兔的。"调皮的夏梓柠果然逗笑了豆秀秀。

夏梓柠说："秀秀，你说过，你们村里有陶艺作坊，咱们去看看吧。"

"光看看不过瘾，咱拜人家为师好不好？"

"学制陶？"这夏梓柠还没想过。对一个女孩子来说，是不是太脏太累了？她需要鼓起所有的勇气。如果真要学，恐怕要在豆花蹊住老长一段时间，老爸老妈会舍得她？说不定要进行一番"艰苦"的斗争呢。

和豆秀秀一起参观了陶艺作坊，夏梓柠惊出一身汗，这活儿太脏太累了。不说学制陶本身，只说作坊的内部环境，那种脏乱差的劲儿，已将她和这种古老的技艺隔开十万八千里的距离。如果说，参观之前她还有动心的可能，一圈走下来，陶艺离她更远了。

2

从秀秀家回来，夏梓柠眼前一直闪动着秀秀红肿的眼睛。豆秀秀肯定长时间伤心地哭过。夏梓柠心里嘀咕：奶奶脚好了，呼救手表也有了，后顾之忧解除了，豆秀秀为什么还哭？

她问妈妈，江泓故意语带不屑地回答："平常都说你聪明，想不明白，就再想想！"

夏梓柠夸张地学聪明的一休，将两根手指点在头部转动，少顷，说："我忽略豆秀秀的家庭情况了，她妈妈离家出走没有音信，爸爸又出去打工，难怪！哪像我，父母双全，多么幸福！"

江泓笑了："说什么呢？查查字典，'父母双全'是什么意思？我虽然不是教语文的，也觉得你用词不当。"

"妈，我是故意的！"夏梓柠撒娇地把头埋在妈妈怀里。

江泓深受触动，自言自语："看来，得给豆秀秀找妈妈了。"

夏梓柠猛吃一惊："妈，秀秀妈妈还健在呢，你就想给人家找新妈妈，你这是乱点鸳鸯谱好不好？"

"你这个鬼丫头，故意曲解我的意思！"

夏梓柠怎会曲解妈妈呢？母女连心，她当然知道妈妈在想什么。豆秀秀的妈妈漂泊在外，生死未知，难怪秀秀心里放不下。妈妈是秀秀在这个世界上最亲的人，她不仅给了秀秀生命，还牵引着秀秀的喜怒哀乐。

看来，要想让豆秀秀真正快乐起来，妈妈说得对，必须找到她的妈妈。妈妈回来了，豆秀秀的爸爸自然也会回到家里，这样他们一家就团圆了，村民们也就不再"嚼舌头"了。

可是，期末考试迫在眉睫，根本没有时间。再说，秀秀的妈妈在哪儿，没有方向该怎么找？另外，如果一个人要想把自己刻意隐藏起来，掐断与亲人的联系，想找到她无异于大海捞针。

3

忙碌让时光飞逝。紧张的复习、考试之后，夏梓柠和豆秀秀的初二生活宣告结束，即将开启盼望已久的暑假生活。

手持奖状，大家忍不住议论：

"厉害，还是三好学生！我就纳闷了，你是什么样的一个现象级存在，我怎么老是赶不上你的脚步呢？"这位同学是在克隆一个小品里的台词。

"进步奖！这个奖怎么回回钟情你？就不能换个别的？"

"你们都有奖状，我的呢？学校是不是少买了一张？"

…………

安老师反复强调暑假注意事项，比如注意交通安全、人身安全，遵纪守法、防火防盗等。他最后宣布："同学们可以回家了，注意关上门窗、电器等。回家后，好好想想我今天的话和上次那位作家老师的话！"

夏梓柠和豆秀秀把奖状珍重地收起来，相视一笑：到两个人实现计划的时候了！

4

坐在通往豆花蹊方向的中巴上，夏梓柠心里无比舒畅。一位大叔不小心踩脏了夏梓柠的小白鞋，黑乎乎一片，她也并未生气。一首夏梓柠最喜欢的歌竟被邻座的哥哥唱成了另一首，调子跑得追都追不上，她也没有反感。

这次能够实现两个"小鬼"的狂野愿望，道路是曲折的，很不容易。中间有针锋相对的斗争，更有迂回包抄的战术。

天湛蓝，风凉爽，小鸟轻盈飞，白云的飘动似乎也有了明确目标。

想到兴奋处，夏梓柠情不自禁地和豆秀秀击掌，两个女孩的疯疯癫癫引得车里的人投来奇怪的目光。

但夏梓柠我行我素，她想到了即将到来的"火热"生活——没准火热中还带着紧张刺激呢。

豆花，豆花，我是蔷薇，我是蔷薇！我来也！

5

起初，江泓并不同意夏梓柠跟着豆秀秀到豆花蹊。第一次去豆花蹊，感动于村民们的纯朴与热情，她的确想过让女儿在村里住上一段时间，以此来磨炼一下这个小丫头的心性。但真正要让她下决心时，她又犹豫了。

夏梓柠在卧室里和妈妈"冷战"，江泓坐在沙发上反复玩味着女儿的话。国家提倡建设美丽乡村，农村的生活条件虽然有了很大提高，但毕竟和城里还没法比，无论是交通、文化等都是如此。好不容易有一个暑假，下学年，不，一个月之后，女儿就是毕业班的学生了，需要提前进入"战备"状态。初三多么重要啊！它直接决定了升入什么档次的高中，也间接决定了升入什么层级的大学。

在农村怎么实现天天看书的计划？把电子书带去吧，又怕伤眼睛。再说，电子书怎么会有纸质书的质感？因此，面对女儿的坚持时，江泓就把这些原因都讲了，但女儿根本不听。

"你不是一直讨厌陶艺，上次看了陶艺坊更讨厌了吗？"江泓迂回到另一个角度。

"妈，我在改变，在进步，在提升，不行吗？"见妈妈脸上有些挂不住，夏梓柠觉得自己的口气太硬了，便嬉皮笑脸道，"陶艺是古老而优秀的传统技艺，像咱们这文化家庭出身的孩子，没有这技艺细胞怎么能跟上新时代的步伐呢？"

接着，"战火"烧到了夏天宇那儿，让江泓意想不到的是，他坚决支持女儿去豆花蹊，更支持女儿学陶艺。并且，当着江泓的面，他把女儿叫到书房，关上房门，父女俩在里面叽叽咕咕说了一阵子话。这算什么？目无"尊长"还是特务接头？

江泓气得直咬牙，夏天宇这家伙，这回怎么不听调遣了？原来不是一直跟自己站在一个战壕里吗？一家三口，他们父女要是结成统一战线，她必然是孤立无援的一方，这还了得！必须改变这种被动局面。

且慢！夏天宇竟敢不顾她的权威，如此明目张胆地支持女儿，莫非……另有目的？多亏她是心理专家，差点儿被面子问题冲昏头脑。

"夏天宇，从实招来！"

夏天宇明知妻子的意图，却故意耍赖皮："我要招的很多很多，你让我最先招什么呢？"

"少装蒜，坦白从宽，抗拒从严！"江泓把夏天宇审犯人的招数用上了，"你为什么支持小蔷薇到豆花蹊去，真实目的是什么？"

"高明！佩服！"夏天宇伸出大拇指，继续油腔滑调，"这是秘密，无可奉告！"

"什么秘密？女儿能知道，妈妈却不能知道？"

"你是我们家的领导和绝对核心，我在你面前绝对不敢有一分一毫的秘密，"夏天宇发誓似的说，"我就是跟女儿分享了一段和陶艺有关的视频，来鼓励女儿。"

"什么视频？"江泓以一种"痛打落水狗"的执着追问道。

夏天宇把手机里存储的视频打开，让江泓看。

江泓边看，边连连点头，她很快沉浸在视频讲述的故事里了。

6

视频里，一位陶艺大师在接受媒体采访。

这位陶艺大师凭借对复兴伟大的中华传统技艺的执着信念，无论酷暑寒冬都在坚持研制一种失传已久的明代官窑瓷器的烧制技术。因为他听说，国外一些业内人士也在做这样的工作，甚至有捷足先登的野心。他当然不甘心这朵湮没于漫长岁月中的技艺之花在国外重新绽放，他一定要超过外国同行，绝不能让他们的"阴谋"得逞！经过无数次的"试错"，历经近十年的不懈努力，终于大获成功，震惊世界。

面对媒体，他动情地说："陶艺是中华民族的优秀传统技艺之一，作为一名陶艺人，研制古老的烧制技术是我的责任，我责无旁贷！"

江泓猛地把手机塞给夏天宇，警告他说："既然只是看一段视频，何必鬼鬼祟祟？你肯定有什么事瞒着我。"

夏天宇对妻子诡异地眨眨眼，笑而不答。

江泓恍然大悟："好你个夏天宇，原来你是想和我争夺女儿，是吧？让柠柠认为你开明，支持她到豆花蹊学陶艺，而我愚昧又顽固，不可救药，是吧？我告诉你，我可不是好骗的！我拍板了，坚决支持柠柠的学陶行动！"

夏天宇举起双手，做出投降的样子："好好好，你厉害，我惹不起你！如果将来女儿成为陶艺大师，功劳全归你，和我没半毛钱关系！"

十八 泥土绽放的花

1

陶艺作坊位于豆花蹊的西边，距村有500米远。

前不着村，后不着店，阡陌纵横，风景优美，这里是豆秀秀最向往的地方。她喜欢到这里玩，因为这里的一切都吸引着她：像面粉一样细腻的土、各式各样的模子、花花绿绿的颜料，甚至，碎得不成形的陶片也自有魅力。

最吸引她的是陶艺坊主人——豆垚（yáo）师傅。"感谢豆师傅，是您让我认识了一个生僻字。"秀秀有时会这样想。

豆师傅憨厚的样子让他极有人缘。不管哪个孩子到这儿玩，他都热情招待，给他们糖果，让他们"玩"泥巴，高兴时还会给他们一些顶顶漂亮的陶片。

但让豆秀秀感到疑惑的是，豆师傅从不愿意送给任何一个孩子完整的陶器坯子，哪怕是烧坏的残次品也不行，他宁愿打碎。以至于一些孩子悄悄议论："豆师傅是不是就爱听这响声？"

长这么大，她只是把这个疑惑埋在心底，从未对豆师傅说过，而今似乎有了绝佳的机会。

2

豆秀秀去陶艺坊，根本不需要提前打招呼，直接去。

在豆花蹊，豆秀秀的名气响着呢！她是谁呀？被鹏举中学破格录取的最厉害的学生。鹏举中学是什么呀？全市最厉害的学校。这是豆秀秀最闪亮的名片。农村人不屑于用华丽的辞藻来表达情感，他们觉得那会显得不够劲儿。他们往往喜欢用"厉害"来表达自己的赞美之情，而豆秀秀和她的鹏举中学都配得上这个词。

"秀秀，来啦？"豆垚师傅热情地打招呼，然后喊他的几个徒弟来打招呼。

几个徒弟纷纷过来，顾不得满手满脸的泥。

和大家嘻嘻哈哈一阵寒暄后，豆秀秀向大家介绍："这是我同桌，夏梓柠，小名蔷薇。"

夏梓柠没有用客套话跟大家打招呼，也没有介绍自己，而是直接奔着手最脏的一个黑黑壮壮的小伙伸出手去。

小伙子吓得直往后退，但还是被追上，结结实实地握了一次手，一下子窘得他满脸通红。

"豆师傅，放暑假了，我想和我同桌跟您学陶艺，行不？"

"秀秀，你学还行，但你同学不行！"和夏梓柠刚握过手的小伙子说。他五大三粗，说话瓮声瓮气的。

"为什么？"夏梓柠生气地问。她之所以主动和他握手，当然是为了套近乎，但没想到"自我牺牲"的结果竟然事与愿违！

所有人的目光一下子聚焦到黑壮小伙身上。

"我……我是说，刚才一握手，我就觉得这个小姑娘不适合干这行。"小伙子见夏梓柠面子上过不去，心一横说，"她手太软太嫩了！"

夏梓柠对学陶艺的态度已毋庸赘言。天天两手泥，说不定脸上身上都有。玩泥巴之后要想洗干净，必然要深度清洗，这样会伤害皮肤，久而久之，手指会变粗糙，骨节会变粗大，一个女孩子怎能没有细嫩的手呢？《孔雀东南飞》中的刘兰枝"指如削葱根"，如果刘兰枝学陶艺的话，她的手一定会像"削树根"。

"手嫩不是更灵巧吗？"夏梓柠故意用两手作弹钢琴状，"再说了，谁的手是生来就粗壮有力的？"她逐个指着在场的徒弟，说："不都是练出来的吗？"

光说不练假把式。夏梓柠说着，抓一把泥，用在幼儿园练过的"童子功"，很快就做成了一只大公鸡。别说，大公鸡昂着头，似乎在报晓，一副很神气的样子。

这即兴发挥的"杰作"把大家惊呆了！

从大家的眼神里，夏梓柠看得出，她通过了"面试"。

夏梓柠一直都不喜欢做手工。上幼儿园时，老师让大家用橡皮泥做各种东西，她都很抗拒，但因为拗不过，只能应付，为此老师没少批评她。其实，在她眼里，这些有什么呀，简单得很，分分钟即可搞定。没想到，被逼无奈练成的功夫竟然派上了用场。

这是个良好的开端。

豆秀秀向夏梓柠投来钦佩的目光。

陶艺作坊附近有一个土坡，陶土就取自这里。豆秀秀为夏梓柠介绍，土堆原来要高大很多，严格地说就是一座小山。因为它的土质特别适合制作精美的陶器，不光是本村的陶艺人，就是远方的同行也慕名而来，到这里取土。渐渐地，"山"就变成了土堆。

"总有一天，它会变成大坑。"秀秀无奈地说。

从土堆上把土撬下来，只是万里长征的第一步，接下来的程序颇为繁杂。师兄们介绍得越详细，夏梓柠越觉得索然无味，她甚至有了打退堂鼓的想法。因为她觉得，凭自己的基本功和聪明才智，根本不需要听师兄们讲这些，直接进入正题——学习制陶就可以了！

然而，第二天、第三天、第四天……一周之后，夏梓柠才渐渐找到感觉。先前她就知道，掌握这门技艺，不仅是工匠们养家糊口的需要，还是传承和发扬中华传统文化的需要，如今她对这些有了更真切的认识。

让夏梓柠真正爱上陶艺的原因似乎与陶艺无关。

这天，黑壮小伙拿着一本书在看，边看边在纸上写着什么。夏梓柠心生疑窦，近前一看，原来是初中物理课本。她开玩笑地说："打算考博士？"话刚说出口便觉得不厚道。她听妈妈说，凡事都是双刃剑，几乎所有的幽默都和刻薄是孪生兄弟。

师兄并未计较，而是颇为羞赧地回答："跟师傅学制陶以来，感觉很多东西不懂。师傅说，学会了物理，这些都不在话下了。"他掂掂手里的书，似乎它有千斤之重，"可是，它也太不给面儿了！"

夏梓柠当然明白，如果把物理比喻为骨头，这骨头必然是最难啃的那块。

于是，她锐身自任，表示愿意帮助黑壮小伙学习物理。黑壮小伙眼里竟然亮亮的，这让夏梓柠又感动又觉得好笑，小意思，至于吗？

自此，当黑壮小伙有时间的时候，夏梓柠就教他学物理，像刚接触这门课时老师教她的一样。黑壮小伙也的确争气，化身为一只肥壮的"蚂蚁"，啃起"骨头"来尽心尽力。

很快，她便收获了一大片敬佩的目光，豆秀秀也向闺蜜伸出大拇指。就连豆垚师傅也称赞她："好样儿的！"他随即又感叹："唉，要是城里的孩子都像你一样爱陶艺就好了。农村的孩子皮实，不怕脏不怕累，就是文化水平低，学起来太吃力。要是长期这样的话，我这门手艺恐怕要失传喽！"

豆师傅说到这里，表情凝重，眉宇间系着对陶艺未来发展的担忧。

原来，文化知识竟然这样能赢得人们的尊敬；原来，学陶艺的人完全不像她以前想的那样，四肢发达，头脑简单；原来，已经功成名就的豆师傅竟然会有这么沉重的使命感！

夏梓柠似乎闻到了高岭土中蕴含的香气，这香气是辛勤，是责任，是历史的沉积。

4

夏季的夜，前半夜虽然燥热，但躺在平房顶的两个女孩儿每晚都很兴奋。尽管不时有蚊子来聒噪，但她们自有驱蚊大法：蚊香熏，扇子赶，没风时干脆撑上蚊帐，揿亮手电筒，和蚊子隔帐相望，欣赏着蚊子"壮志难酬"的愤怒样儿。豆秀秀甚至开玩笑说："蚊子啊蚊子，我的血好喝，尽管吸我的吧！不要吸身边这个家伙的，她的血难闻！"

"你的血才难闻呢！"听说坏人的血才难闻，夏梓柠当然不服气。

"我不是怕你被咬得满脸包，江阿姨心疼嘛！我是没人疼、没人爱的小鬼儿，没关系。"说着说着，豆秀秀语气就沉重起来，空气也瞬间凝滞了。

夏梓柠愣了片刻，用手指连挠了几下豆秀秀的胳肢窝，直到豆秀秀哀求讨饶才罢手。夏梓柠责怪她："你这个没良心的，这么浪漫的夜晚都被你破坏了。谁说没人疼你？奶奶不疼你吗？我不疼你吗？我爸爸妈妈不疼你吗？"

打打闹闹间，夜已深，风凉起来，蚊子似乎也疲倦了，停止了哄闹。只有星星眨着眼，晶亮的星光温柔地抚摸着美好的人间。

5

这一天，豆师傅问夏梓柠："你一个细皮嫩肉的城里姑娘，偏偏到我这乡下陶艺作坊来，图个啥呢？"

"就图个喜欢。"夏梓柠虽然有点儿惭愧，但还是尽量用平静的语气回答。

豆师傅并未继续追问，而是换一种柔和的口气说："我这手艺呀，原来像要饭一样，只有家里特别穷的人才愿意学，但我祖上就这样一辈辈坚持下来了。这活又脏又累，没名气又卖不上价钱，弄不好赔钱赚吆喝哦！"

"豆师傅，俺不怕！"豆秀秀举着小拳头表决心。

夏梓柠则故意大大咧咧地说："嗨，反正暑假里也没事，闲着也是闲

致青春 · 成长书系

着，我和秀秀只管努力学，师傅您完全没必要有太大压力。"

这时，有位师兄大喊："取货的来了！"豆师傅自豪地告诉豆秀秀和夏梓柠："走，看看咱们的作品去！"

黑壮小伙骄傲地告诉夏梓柠她们，这是一批定制陶器，量比平常大得多，质量要求也超高，因为这批货要运往海外。

运往海外！师兄的话让夏梓柠对豆师傅产生了滔滔江水般的敬佩之情。她心想，如果自己能用心学陶艺的话，跟着这么有名的一位师傅，没准一不留神还真能成为陶艺家了呢！

师兄拿起一个精美的瓶子，瓶底对着夏梓柠。

瓶底上刻的是他们陶艺坊的名字和标识。

"你们看，咱们烧制的器型都是有专利的，绝不克隆别人的或者古人的器型。师傅说，这叫个性，叫传承中华传统文化！"黑壮小伙自豪地说。

见两个女孩子在场，取货人毫不奇怪，因为豆垚师傅的为人他非常清楚。他反而跟豆垚师傅开玩笑："老豆，又收了两个女徒弟啊？小心你这点儿绝活被人抢了去。"

"这正是我的心愿！"豆师傅回答道，"我就怕我这点儿'三脚猫'功夫失传呢！"

豆师傅的话，瞬间点燃了夏梓柠对陶艺的渴望。

6

按计划，夏梓柠和豆秀秀学习陶艺的时间应该告一段落了。但考虑到下学年就是毕业班，再没余暇接触陶艺了，征得家人和豆师傅的同意后，两个人延长了一周时间学习制陶。

离开陶艺坊时，她们都有了自己的"毕业作品"。夏梓柠为妈妈烧制了一个花瓶，创作过程坚决不机械模仿，器型充满想象，细长的瓶颈扭着歪向一旁，像一个女孩儿俏皮地向妈妈撒娇。

"如果在瓶里插上我们娘儿俩都喜爱的蔷薇花，那意境，啧啧啧！"夏梓柠得意地对豆秀秀说。豆秀秀也对同桌的"灵魂之作"称赞不已。

但夏梓柠分明看到，豆秀秀的眼里飘起一片荫翳的云。她暗暗责怪自己太莽撞了，无意间伤害了豆秀秀。

夏梓柠给老爸做的是一个烟灰缸，器型就简单多了。她不想让爸爸抽烟，对身体不好。

见爸爸把玩着这个烟灰缸，爱不释手的幸福样子，夏梓柠不由得想起豆师傅说过的一些关于艺术和中华优秀传统文化的话，便央求道："老爸，我们学校下学期要开设陶艺课了，您能不能向我们学校提一个建议，聘请豆垚师傅来鹏举中学讲课？"

夏天宇讨好女儿说："我闺女说的就是圣旨！我不仅会向学校提出聘请豆师傅的建议，还打算利用我的私人关系，让我的媒体朋友对豆师傅做个专访，在咱们溆颍市进行全媒体宣传，让豆师傅的制陶技艺和名气火起来，你看怎么样？"

"老爸英明，超水平发挥！"夏梓柠高兴得扑上去，想亲老爸一口。但遗憾的是，还是和以前一样，需要老爸弯下腰她才够得着。老爸老妈个子都那么高，自己的海拔怎么就这么低呢？唉，惭愧惭愧，难道太聪明了真的长不高？

夏梓柠原本倍爽的好心情，不知为何，笼罩了几朵乌云。

十九　意外频出的直播

1

　　新年级新征程，班里除了几名新同学，其余的基本上还是原班人马，老师却"大换血"，全由原来的初三老师"接管"了。夏梓柠想，作为学生，她只负责接受学校安排，好好跟新老师学就得了。

　　豆秀秀和夏梓柠还是同桌，这不是巧合，而是新班主任的智谋。新班主任说，初二时的同桌彼此知根知底，已建立了深厚的友情，保持现状对学习是大有裨益的。不知道其他同学会不会认为胖胖的新班主任是图省事，反正夏梓柠觉得挺满意。

　　但她也有不满意的地方，那就是豆秀秀的状态。

　　按道理讲，初三刚开学，老师、学习环境和课本都是全新的，作为一名好学生，不应该像打了鸡血一样吗？可是，豆秀秀偏偏很另类很奇葩，眉宇之间似乎总是锁着一层忧伤。难道火热的暑假生活过后，她变成黝黑版林黛玉了？

　　夏梓柠不由得想起暑假里她们"并肩战斗"的情景。她蓦然想起，学陶结束时，豆秀秀虽然按豆垚师傅的要求也做了两件"毕业作品"，但并未拿回家。

豆垚师傅对豆秀秀的举动深感意外：正常情况下，孩子们都非常珍爱自己的作品，无论优劣，都欢天喜地地献给父母，更何况豆秀秀做得很有创意呢！但看豆秀秀态度非常坚决，豆师傅只得顺水推舟："放这儿也好，你也有个念想，有时间了多过来。不来时，正好可以让其他小朋友欣赏模仿。"

思绪的闸门洞开，夏梓柠眼前又浮现出豆秀秀那天的眼神，也是这种若有若无的忧伤。她想，秀秀一定是见到自己给妈妈做的那只花瓶和那种得意忘形的死样之后，勾起了对她妈妈的思念或怨恨。如今，这种思念或怨恨仍在秀秀心里盘踞着，主宰了她的情绪。

该"百米冲刺"了，这样下去怎么得了？幸亏我夏梓柠是一个"暖心牌同桌"，怎能任由你豆秀秀"胡作非为"地任性下去！

2

听了女儿对豆秀秀近况的详细叙述，江泓心里泛起一种自责感，她提醒自己：另一篇"论文"也要提上日程了。

这篇"论文"她已经酝酿了很久，只是没时间着手实施。自从接受了王总的聘请，她一直在课余时间有计划地对公司员工进行心理疏导，特别忙。加上两个孩子在陶艺坊学得挺用心，怕自己的"节外生枝"会打乱她们的节奏。

——必须帮豆秀秀找到妈妈，尽快！刻不容缓！

妈妈不仅不能在身旁陪伴自己、鼓励自己，反而下落不明、生死未卜，作为一个懂事的孩子，豆秀秀怎么会不忧心忡忡？又怎么能安下心来学习？假期里还好，快乐会分散精力，将她暂时从思母情绪中解脱出来。生活一规律化，压力一大，这种痛苦的情绪必然会回来。

作家老舍有一句名言："失去了慈母便像花插在瓶子里，虽然还有色有香，却失去了根。"这句话说明慈母对一个人是非常重要的，就像根对花一样重要。唉，妈妈不仅是一个孩子的港湾，更是加油站呢！现在，豆秀秀需要加油了，这个"加油者"非她的妈妈莫属！

可是，如何动手"写作"这篇无字的论文呢？

现在是"互联网+"时代、自媒体时代，可以说，帮豆秀秀同学找妈妈的路不止一条。越这样就应越慎重，必须选取一条最适合，豆秀秀最乐意走的路。

然而，对一个疏离母爱很久的女孩儿而言，有最适合的路吗？无论用哪种方法找妈妈，都需要把家庭、本人和妈妈的具体情况竹筒倒豆子一样摆出来，"秀"给全世界看。豆秀秀，一个知名学校的初三学生，一个成绩优异、前途一片光明的孩子，这对她是一种多大的伤害！

还有几个让江泓觉得"吉凶"难料的原因。比如，费尽心血、寻寻觅觅之后，得到的却是秀秀妈妈出意外的结果；或者，秀秀妈妈虽然安然无恙，但坚决不愿意回到豆花蹊，回到丈夫和女儿身边；或者，秀秀妈妈虽愿意回来，但并非为了破镜重圆，只是看女儿一眼就再次离开；又或者，她果真像豆花蹊村民传言的那样，成了一个为传统眼光所不容的人，在民风淳朴的豆花蹊再无立足之地，不得已只能忍痛割爱……

哪种结果都不是她愿意看到的，哪种结果对秀秀的伤害都是深重而久远的！若果真如此，作为一名心理咨询师，她于心何忍？

然而，江泓把自己的担忧对夏梓柠一说，夏梓柠却对她的"多心"嗤之以鼻。

夏梓柠以一个极为"不屑"的"喊"字作为开头说："喊！妈，您想太多了！我就送您一句话，找总比不找强。秀秀或许只是想知道妈妈是否安好、是否还爱她罢了，我想她什么结果都能接受。豆秀秀是谁啊？是聪明绝顶的夏梓柠的闺蜜，我的智商才比她高出这么一点点。"夏梓柠用右手大拇指掐着食指尖比画着。

江泓笑着拍了女儿一下："你这是一句话？是一堆话！"但她又觉得女儿说得有理。

于是，母女俩商量了一个方案。准确地说，是一套综合方案。按夏梓柠的意思，多管齐下！

还是夏梓柠心细："妈，咱俩在这儿说得热热闹闹的，人家秀秀赞同哪一种方案，待我问问她再确定吧！"

江泓担心地说："秀秀性格内向，不知道她愿不愿意找妈妈呢！"

"她肯定愿意，我敢打赌！"夏梓柠拍着胸脯保证。但她立即意识到弓拉得太满，就给自己找了一个台阶："即使她不愿意，凭我的三寸不烂之舌，也得让她投降！"

江泓和夏梓柠母女不知道的是，豆秀秀妈妈离家那天的场景和感觉，永远"烙"在了豆秀秀心里。

刚入学不久，一天早上醒来，她故意闭着眼，撒娇地喊："妈妈，妈妈，秀秀要起床床！"往常，这句话刚落音，妈妈就应声到她床前，声音甜腻地说："乖秀秀，要起床了啦，真是妈妈的乖宝贝！"然后就给她穿衣服。

但这天和以往不一样，几声喊过，妈妈并未到她床边。她大哭起来。

爸爸豆放走过来，阴沉着脸，凶巴巴地对她说："自己穿！这么大了还让大人给你穿衣服吗？"

奶奶责备儿子："你干啥？不会小点儿声跟俺秀儿说话吗？俺耳背都听着吓人，你就不怕把狼招来？"说着，奶奶开始给秀秀穿衣服。但奶奶的手又粗糙又凉，秀秀哭着推开了奶奶的手。从此，秀秀就一直自己穿衣服，再也没哭喊过要妈妈穿，床边再也没有妈妈。妈妈的笑脸，妈妈温暖的手，妈妈甜腻的话，全留在她的记忆里了。

…………

当夏梓柠向秀秀说出帮她寻找妈妈的方案时，她紧紧抿着嘴，思索了一会儿，最终点点头。夏梓柠觉得，她是克服了极大的心理障碍才同意的。

"妈妈，我虽然不再需要您给我穿衣服了，但我还是想让您待在我身边！"她喃喃地说。

夏梓柠似乎听到了豆秀秀的心声，眼里霎时水汪汪一片。

然而，到了实施计划阶段，她们的第一种方案就碰壁了。

4

溦颍市电视台的工作人员听了江泓和夏梓柠的详细叙述后，表示他们对豆秀秀的遭遇深表同情，非常钦佩江泓母女的善举，当然也非常乐意尽其所能帮助豆秀秀。说到具体操作，在屏幕下方滚动播出寻找妈妈的字幕可以实现，其余他们爱莫能助。因为要找到豆秀秀的妈妈，靠"插播一条广告"似的寻人启事根本不行，豆秀秀需要的是一个大型的专业寻亲节目，背后是大平台、大流量、大时长的支撑。但迄今为止，他们电视台尚无条件推出这样的节目。一个市级电视台，若推出这样的节目，收视率有没有保证且不说，传播范围和收看的受众都极为有限，很可能让寻亲者徒然生出大大的希望之后，最终却一无所获，剩下的都是沉重的失望。

然而，想到国家级电视台寻亲，谈何容易？从报名、筛选、准备资料到发动全社会力量寻找，从节目录制到播出，得多长时间？即使能如愿以偿，恐怕豆秀秀的初中时代早已结束了！

更何况，豆秀秀的学习时间金贵，哪有这么多时间和精力与电视台配合寻亲？

江泓自责地拍打自己的脑门："这就是我闭门造车的恶果。为什么当时没想到先给电视台打个电话咨询一下呢？你们俩是孩子，想法简单无可厚非，我也简直像孩子一样幼稚！"

至于到处张贴或在报纸上刊登寻人启事，都不太现实。

夏梓柠和妈妈还预想过在微博和微信朋友圈发寻人启事，如果能联系上一个大V，借用其海量粉丝的力量来寻找肯定有戏，但想够得着大V，又岂是一句话半句话的事儿！

"还是上一个直播平台靠谱。"夏梓柠说。

江泓认识一个"网红"，据说她几个直播平台的粉丝加起来有100万，商家找她直播带货，效果很好。就是不知道是不是真的，更不知道这位"网红"是否愿意帮忙。

"牛！"夏梓柠和豆秀秀不约而同地发出感叹。

江泓与这位"网红"联系并提出诉求后，"网红"有点儿犹豫："江姐……"

"江姐是我崇敬的革命烈士，你还是叫我泓姐吧。"江泓跟"网红"

致青春 · 成长书系

说，"我丑话说在前头啊，我们可没什么'坑位费'给你哦。"

电话那头，"网红"咯咯地笑着说："江姐，哦不，泓姐，您骂我不是？您误会我了！我之所以犹豫，是因为我从来没做过寻亲直播，怕大家忙活半天没效果，反而耽误了您的事。"

"网红"向江泓抱怨，一些人把他们"妖魔化"了，说他们眼里只有流量、粉丝、打赏，换句话说，只有钱，没有法律、道德、底线，纯属瞎掰！她做的很多期节目都是出于情怀，免费的！一位果农，好不容易种的水果卖不出去，即使卖出去，刨去成本和人工，能收回几个钱，收人家"坑位费"不是坏良心烂肚肠吗？

江泓为误会了对方而真诚地表示歉意。她觉得这位"网红"靠谱，虽然以前并无深交，但值得托付，就鼓励她："别想那么多，咱尽力就行！"

"网红"终于下定了决心："寻找妈妈，不论对豆秀秀还是对我来说都是有天大意义的事。我愿意和秀秀妹妹一块儿完成这次直播，一次不行咱就多次，粉丝们或会认为我是不一样的烟火，说不定还能给我圈很多粉呢！"两人当即约定了直播的具体时间和地点。

然而，令夏梓柠和江泓想不到的是，豆秀秀关键时候掉链子，不想直播了！

5

"怎么啦，秀秀？"江泓关切地问。

"我怕。"

"怕啥？手机有牙，会吃了你吗？你还想不想见你妈妈了？想不想考上重点高中、名牌大学了？"夏梓柠恨铁不成钢。

"我怕我老爸骂我多事，他早说过我妈死在外面才好呢！"

"傻瓜！叔叔那是气话，这你都信？"

真是气话吗？电话里，爸爸怒气冲冲、火光冲天，完全不像在"演戏"。见阻止不了她，爸爸就叹口气，说："找吧，找到也好，把话说清楚，以后她走她的阳关道，咱过咱的独木桥，井水不犯河水，老死不相往来！"

就在豆秀秀委屈得要哭出声来时，爸爸的口气软下来。他说，这些天来他费尽九牛二虎之力去打听，都还没下落呢，直播能行？看来，爸爸心里是牵挂妈妈的。夏梓柠说得没错。

"我料定，叔叔说是出去打工挣钱，其实是为了找你妈妈。"夏梓柠用无可辩驳的口气"盖棺定论"。

"我怕奶奶见了我妈后会骂她，奶奶一生气，病情就可能会加重，我怕！"妈妈离家出走后，奶奶多次表达了对她的失望和不满。如果妈妈"迷途知返"，没准奶奶会对她新账老账一起算。

"不会的，你奶奶是个多么善良的人啊！相信我，我不会看错人的。"江泓盯着豆秀秀的眼睛，肯定地说。

"我怕村里人笑话我，也笑话我妈。"豆秀秀说话带上了哭腔。她想起村民们交头接耳的情景，只要她一靠近，这种交头接耳就立即停止，村民们会换上另一种表情，热情地和她打招呼。但她看得出，热情背后是极力掩饰的尴尬。

夏梓柠和江泓无言以对。农村人纯朴，眼里揉不进沙子，容不下抛弃家庭和亲生子女的女人。在村民们看来，人可以犯错误，可以犯很多错误，但秀秀妈妈霍芳蕊犯的错误除外。其他错误都能被原谅，唯独那个姓霍的女人犯的错误不可以。这或许就是现状，是根深蒂固的观念，要改变又谈何容易？

"不会的，"江泓扳过豆秀秀的肩膀，"去过你们村两趟后，我能看出，村民们都很纯朴善良，像你奶奶一样。或许他们议论过你们家、批评过你妈妈，但那都是出于对你、对你奶奶和爸爸的关心，一旦你妈妈回来，他们肯定会热情欢迎的。我保证！"

这种事情自己怎么能保证呢？其实江泓心里实在没底。唉，别管那么多了，先稳住秀秀这孩子再说吧。

6

说是直播间，其实是"网红"的卧室。

夏梓柠不由得心里"咯噔"一下：就这简陋得近乎寒酸的"直播间"，像坐拥百万粉丝的样子吗？都是"水军"吹的吧？她听说，拥有百万粉丝级别的"网红"，哪个不是有阵容强大、前呼后拥的团队？

从夏梓柠三人诧异的眼神里，"网红"看得出有满满的怀疑，便告诉她们，自己就是在这里起步的。想当年，漂亮的布帘一拉，遮盖住凌乱的床，只要有网络、手机、直播架即可开工，机动灵活。如今，要是带货的话，她一定会和自己的团队到农民伯伯的田间地头去，这样会让"粉丝"有更逼真的沉浸感。

"在这里直播，对秀秀妹妹来说可以不那么紧张，对我来说这叫不忘初心。""网红"特地只对最怀疑她的夏梓柠说，"懂不？"

直播开始前，"网红"叮嘱豆秀秀："秀秀妹妹，你要在直播中多用'宝宝们''亲爱的'一类的词哦，懂不？"

豆秀秀脸上霎时涂上一层红色："啥……"

"姐姐，我们还是初中生，你怎么能教秀秀这样说话？"夏梓柠大声质疑。

"你是不是还想教秀秀学说粤语啊？故意大着舌头，把'大家'说成'大丫'啊？"江泓也表示反对。

"现在大家都这样，你们别瞎想好不好？是为了多'吸粉'，懂不？""网红"委屈地说。

"不这样行不？"夏梓柠见豆秀秀又有了打退堂鼓之意，就替她问道。

"好吧，这些话我来说吧。""网红"耸耸肩，双手一摊，无奈地说。然后交代豆秀秀一些注意事项，比如怎么放松、用什么样的口气和语速，眼睛看向哪里，姿势怎么摆，怎么回答粉丝提问等，并让豆秀秀演练了好几次。

豆秀秀脸色这才渐渐平静下来。

夏梓柠向豆秀秀比出一个胜利的手势："豆秀秀，多想想你平常跟我臭抬杠时，是怎么能言善辩的，你就不紧张了。"

豆秀秀笑了，但夏梓柠看得出，她的表情还是有些僵硬。

江泓宽慰豆秀秀："你就像平常一样，尽管说，把对妈妈的感情和想念说出来就行了。不要怕，一切有你这位'网红'姐姐兜底呢，你一'卡壳'，她随时就会补上的。"

7

直播开始了！

致青春·成长书系

"网红"先说了一通抓人挠心的话，以此引出豆秀秀寻找妈妈的事情。

轮到豆秀秀了。让人没想到的是，还没说几句话，她就哭起来了。

夏梓柠向"网红"姐姐使劲递眼色，提醒她赶快"救场"，代替豆秀秀说话。但"网红"像没看到一样，眼睁睁看着豆秀秀哭。

夏梓柠看到，弹幕唰唰唰地跳跃出来，都是对豆秀秀的同情，感动于豆秀秀与妈妈的感情之深，不时还有打赏，说用作小姑娘找妈妈的路费。

夏梓柠忽然明白"网红"姐姐的意思了：她是想用豆秀秀的眼泪"赚取"粉丝的眼泪，为秀秀找到妈妈获得最大可能性。"此时无声胜有声"，根本用不着说话，一双流泪的大眼睛已经足够了！

慢慢地，豆秀秀停止哭泣。她从最喜欢妈妈给她穿衣服、扎小辫说起。但自从妈妈离开家，她再没让人给她穿过衣服，因为他们的手都没有妈妈的手柔软、温暖。她的发型也改了，再也用不着扎小辫了，因为她怕一扎小辫就会想到妈妈。接着，豆秀秀说到家里的窘况，说到年迈体弱的奶奶，说到失魂落魄地去远方寻找妈妈的爸爸，再说到村里人对妈妈议论纷纷、让家里人抬不起头的尴尬，最后说到自己虽然升入初三，但无论如何也集中不起精力学习……

豆秀秀完全投入直播中，她动情的讲述让夏梓柠情不自禁地簌簌落泪，就连江泓也用纸巾揩着眼睛，甚至"久经沙场"的"网红"姐姐也带上了哭腔。

直播大获成功！

直播结束后，"网红"姐姐热情地向豆秀秀邀约："小妹妹，你真有才，来当我的直播助手吧！我保证你一天的收入比你爸爸打工一个月挣的都多！"

夏梓柠大吃一惊，原来"网红"这么能挣钱！但夏梓柠笃定豆秀秀会不假思索地拒绝，因为她是个好学生，有远大的理想。

　　让夏梓柠感到一千一万个意外的是，豆秀秀竟然很认真地说："姐姐，您是认真的吗？"见"网红"点头，她便接着说："让我考虑考虑……"

　　"你……"夏梓柠指着豆秀秀，一种恨铁不成钢的感觉油然升起。

二十　奇怪的女邻居

1

直播后，一连几天都如泥牛入海，无任何回音。别说夏梓柠和豆秀秀，就连江泓都心凉了——看来，"网红"的所谓"号召力"果然不靠谱，直播也不像传说的那么神。

"网红"给江泓打电话，拜托江泓先安慰豆秀秀，问她是不是愿意再做一次甚至多次直播。江泓知道，"网红"既是真心想帮豆秀秀找到妈妈，又出于对面子的维护，便让夏梓柠问豆秀秀。

正如江泓预料的那样，豆秀秀不假思索便拒绝了。唉，这个可怜的孩子，好不容易才积聚起勇气参与直播，在失望之下，让她再重复那种痛苦的过程，无疑是一种折磨。

就在夏梓柠和江泓为用什么渠道继续帮豆秀秀找妈妈而焦虑时，竟然有了好消息！

"网红"的一位女粉丝是那场直播的观看者之一，她觉得豆秀秀展示的妈妈的照片有些似曾相识，便截图保存，让她的爱人看。

"我怎么觉得像咱们的邻居啊？"女粉丝指指隔壁。

照片有些小，截图的像素不够，女粉丝爱人反复拉大，多角度观看，一时也拿不准。事实上，就是截图不模糊，夫妇俩也做不到十拿九稳。因为隔壁邻居刚搬来不久，即使对面撞见也是行色匆匆，连招呼都没打过。

但爱心满满的夫妇俩还是决定，不论是不是，都把截图拿给邻居看。

女邻居只看了一眼截图，就哭了起来！

确定无疑，鉴定完毕！夫妇俩惊喜且欣慰地对视一眼，并击掌庆祝。

没错，这位邻居正是豆秀秀的妈妈霍芳蕊。送走热心的夫妇，她陷入巨大的矛盾漩涡中。

论感情，她何尝不想回到女儿身边？女儿可爱的小脸、胖乎乎的小手、甜腻腻的话语，都在她心里翻滚。然而，想到一些可怕的具体情况，像山一般横亘在她回家的路上，她又畏缩地打消了回家的念头。

白天还好说，晚上更加难熬，愧疚、自责、对女儿的牵念，像顽疾，生生折磨着她。

在床上翻来覆去睡不着，越想快快入睡越适得其反，"贴烧饼"贴得她头昏脑涨、痛不欲生。但她依然咬紧牙关，告诫自己，不能回去！既然自己坚持了这么久，就要坚持下去！不知道她的下落，秀秀心里或许只是思念，或许会忘掉她的不好，只记得她的好，但如果她果真回到秀秀身边，丈夫的打骂、村民们的白眼和背后的议论，一定会让秀秀承受更大的痛苦，这种痛苦或许会伴随女儿一生。

霍芳蕊索性横下一条心，她喃喃着对女儿说："秀儿，妈妈对不起你，你别怪妈妈，就当从来没有过我这个妈妈吧，一定要长成个有本事的孩子！"可是，长夜寂寂，哪有女儿的回答？不知过了多久，夜色和眼皮都像山一样沉重，她才沉沉睡去。

第二天晚上又是如此，像复制粘贴的一样……

致青春·成长书系

2

一边是"铁石心肠"的霍芳蕊，一边是被成就感主宰的那对热心夫妇，两家仅隔一堵墙，情形却是天壤之别。一边是海水，一边是火焰。

这天，细心的妻子忽然听到隔壁有动静，便耳贴墙壁，屏气凝神听上去，原来是啜泣声！她心里一震：难道秀秀妈妈还没回去？但又不敢确定。夜深人静，或许是其他声音呢？或许声音来自其他房间呢？或许是幻觉呢？

她叫醒爱人，说了自己的疑惑，爱人揉着惺忪睡眼，宽慰道："不会的。她是秀秀的妈妈，铁定无疑，既然知道女儿在找她，就算是一块冰也会被亲情融化的！"

第二天，这对夫妻敲开了邻居的门。

"你怎么还没回去呀？"夫妻俩不自觉加入了责怪的语气。

"我……我上次看错了，截图上的照片不是我。那个叫啥，哦，荣荣，叫荣荣的女孩儿，跟我没关系！"霍芳蕊一脸冰霜。

夫妇俩面面相觑，荣荣？不是秀秀吗？是故意说错女儿名字的吧？

联系到上次，女子看截图时那么崩溃的表情他们怎会看错？于是，他们商定，在"网红"再次直播的时候在下面留言，通知自己的偶像！

3

江泓接到"网红"的电话，欣喜若狂！

精诚所至，金石为开；功夫不负有心人；山重水复疑无路，柳暗花明又一村；沉舟侧畔千帆过，病树前头万木春……原来都是在预言秀秀找妈妈一定能成功啊！

同时，"网红"把秀秀妈妈的态度告诉了江泓，并细说了自己的担忧。

"没关系，交给我了！"江泓大包大揽。

接下来便是双休，江泓决定，去疑似秀秀妈妈所在的城市一趟。

江泓在电子地图上查了一下，那座城市距溦颖市仅几百千米，正是她能接受的距离，开车前往正合适。

夏梓柠锐身自任，愿陪同妈妈前往。

"你陪陪秀秀吧，她情绪不稳定。"

"过大星期，秀秀回村了。再说了，您一个人去我不放心！"

江泓同意了，两个人不寂寞，偶尔说说话也免得开车时分神或打瞌睡。

"老妈，要不要接上秀秀？"

豆花蹊和那座城市是同一方向，接秀秀的话倒是没绕多少路。但略加思索后，江泓摇摇头。

"为什么呀？咱们都只见过秀秀妈妈的照片，要论真人，还是秀秀认得最准。再说了，几年过去了，妈妈离家时秀秀还小，她能不能准确认出妈妈都不好说，何况咱俩？"

"正是因为这个，才不能让秀秀去。你想想，万一不是她妈妈，是不是让她过早地陷入痛苦和失望中呢？"

"泓姐，或许这位真不是秀秀妈妈，即使是，但她不愿再回到女儿身边。所以我建议，先不要把我粉丝提供的消息告诉秀秀，尤其不能透露这位疑似秀秀妈妈的表现，懂不？"江泓耳畔回响着"网红"的话。

江泓觉得"网红"说得有理。仅凭一张模糊的照片本来就很难辨认，更何况长相相似的人有很多呢！

至于秀秀妈妈不愿意回来，更易理解。她因为离家已久，和家人生分，心里有愧，越想见女儿越怕，用两句古诗来表达，就是"近乡情更怯，不敢问来人"。如果要回村，怕乡亲们说闲话、怕亲人不接受、怕回到豆花蹊后不适应……都是她回家的拦路虎。

时值初秋，高速公路上车并不多，两侧田畴里，远远近近的秋庄稼长势正盛。隔着车窗玻璃，夏梓柠仿佛能感受到禾苗们逼人的勃勃生机。

这次远行，江泓自信满满，志在必得。如果真的是秀秀妈妈本尊，无论她如何掩饰，无论她如何故意装出冷漠的态度，都不可能逃过她江泓的火眼金睛，绑也要把她绑回到秀秀身边！

4

按照"网红"的粉丝发送的定位，江泓母女顺利到了目的地。

只看了开门的女子一眼、只说了一句话，江泓就确定，眼前人是秀秀妈妈无疑，如假包换！

眉眼、面部表情，甚至声音、习惯动作，眼前人和秀秀都有很多相同之处。如果说，五官可以有极高的相似度，动作和说话方式可以通过专业训练模仿，但一些与生俱来的元素，根本难以成功模仿。再说，两个人生活在不同的城市，素未谋面，又根本不存在一方模仿另一方的可能，那只有一种可能……

就在江泓耽于沉思，眼前女子还陷于疑惑的时候，夏梓柠已经亲热地抓住女子的手："阿姨，我是秀秀的同桌，您快跟我回家吧！"

"孩子，你认错人了！"女子说着说着，口气就犹疑不定起来，

"我不是……我从来……没离开过这儿，也从来……没听说过你说的啥秀秀。"说着，轻轻摆脱了夏梓柠的手。

夏梓柠早已灵巧地钻进屋子里。眼前的一切都告诉她，幸亏她们来得及时，否则秀秀妈妈已经转移阵地了。逼仄的房间里一片凌乱，像打败的军队撤退前的样子，屋角尴尬地躺着一个大包袱，显然东西已收拾好，万事俱备，只欠"逃跑"了！

"要是按照你的说法，你一辈子都在这个城市生活，房子、摆设都应该是稳定的、像模像样的。你看看，这房子分明是短租来的，并且很快就要搬走了。我去过你家，你现在住的用的哪能跟你家相比啊！在这儿受什么罪？"江泓特别强调了"你家"二字。

可不是？夏梓柠随手摸一下简陋而破旧的家具，一手灰，害得她用湿巾擦拭了半天。

见眼前人垂首不语，江泓以为她已经动心，快大功告成了。但她仅仅抿嘴思索了一会儿，便抬起头说："是，我是秀秀的妈妈霍芳蕊，但我不能跟你们回去！"口气异常坚决。

"为什么呀？"江泓生气了，口气倏然变得严厉。

"我……你们就别问了。"

江泓正在思索如何说服这个固执的女人时，夏梓柠忽然哭了起来，哭得是那样令人猝不及防。且不说秀秀妈妈，连见多识广的江泓也吓了一跳。

夏梓柠叙说着秀秀的惨状，不惜添油加醋地动用了她掌握的有限的文学手法，说到动情处，一把鼻涕一把泪。

霍芳蕊听得是梨花带雨，泣不成声。

气氛潮湿了一会儿，夏梓柠哽咽着说："我离不开我老妈，老妈也离不开我。离开了老妈我就活不下去，我妈离了我也一样。我太了解秀秀了，她跟我一样，天下所有的妈妈都跟我妈一样。霍阿姨，回家吧！"

终于，犹犹豫豫地，霍芳蕊算是答应了。

看着霍芳蕊前怕狼后怕虎的可怜样子，江泓忽然萌生了一个主意。她坚信，这一招一定会让霍芳蕊消除所有的顾虑。

5

村级公路直直的，伸向美丽的豆花蹊，也伸向霍芳蕊和豆秀秀渴盼的明天。

村口早已站着迎接她们的村民，高书记和豆主任站在最前面，像迎接前来考察的上级领导一样，就差敲锣打鼓，拉过街横幅了。

喜气笼在脸上，善良的村民高兴得都合不拢嘴了。大家深信，只要秀秀妈妈一回村，秀秀爸爸豆放紧跟着也会"收"回来，一家人就破镜重圆了。

霍芳蕊刚一下车，秀秀和奶奶就迫不及待地走上前。

"妈！"这是秀秀在喊，声音里掺入了太多蜜糖。

"妈！"这是霍芳蕊在喊婆婆。声音里饱含着复杂的情感，有惭愧，有思念，也有盼望。

"秀秀她娘，啥也别说了，咱回家！"秀秀奶奶和秀秀紧紧抓住霍芳蕊的手，一人一只。原来还算整齐的队形"呼啦"散开，乡亲们拥着秀秀一家三口朝家走去。

到了家门口，看着气派的大门和九成新的大小平房，哑摸着门楼上方"幸福人家"四个朱红大字，霍芳蕊的眼睛瞬间蒙上了一层雾。

"妈，我……"进屋以后，霍芳蕊被秀秀扶到沙发上，她声音颤抖着对婆婆说。

"不怪你，都怪俺儿不争气！"秀秀奶奶仿佛知道儿媳妇要说什么，赶紧打断她。

几位乡亲也跟着进了屋，大家七嘴八舌地嘘寒问暖。更多人只能站在院子里，有的则拿起笤帚，开始打扫院子；鸡鸭也感到了不同寻常的气氛，肆意打闹了一会儿之后，似乎感到它们实在是添乱，就乖乖聚拢到院子一角。

见村民们这样热情，霍芳蕊渐渐放了心。夏梓柠和江泓心里的石头也落了地。

像几年前一样，秀秀撒娇地坐在妈妈腿上，母女俩宛如隔世重逢，久久打量着对方，怎么也看不够。看着看着，泪就不约而同地汹涌而下，母女俩又不约而同地互相擦着泪。

"芳蕊啊，你的事俺们都知道啦，以后村委会和乡亲们都不会不管的，放心吧！"高全功书记笑着说。

"俺的事？"霍芳蕊张大嘴巴，眼睛里藏着无限讶异。

6

离开家时，霍芳蕊确实是因为无奈和赌气。豆放身上毛病多，好吃懒做，嗜酒如命。无数次努力都白费之后，她才黯然离家出走，到一个陌生的城市打工。

后来又辗转几座城市，换了多次工作。在浮萍一样漂泊的日子里，她勤勤恳恳打工，抠抠索索攒钱，渴望能给秀秀创造不比别人差的生活。

但生活并不因为她的纯朴勤劳而格外垂青她。一个大雨滂沱的深夜，她下班之后，拖着疲惫不堪的身子，骑着单车往租住的地方赶。在过斑马线时，一辆小汽车把她剐倒了。

交警对现场进行勘察之后，认定小汽车一方在斑马线前未提前减速，更未避让行人，未能保证安全驾驶；霍芳蕊则未推车过斑马线，并且闯了红灯，于是判定双方负同等责任。

所幸有法律援助人士及时介入，为霍芳蕊争得了应得权益。法援人士认为，如果在前几年，这样判定应该没问题，但在大力提倡"礼让斑马线、争做文明人"的今天则不合时宜，司机应该负主要责任才对。由于交通事故发生在下班途中，应该给霍芳蕊按工伤处理。另外，双方之所以均未第一时间发现对方，除了大雨遮蔽视线外，没有路灯也是重要原因，路灯管理部门也应该担责。原来，为了省电，该部门在本该照明的时段擅自关闭了路灯。结果，霍芳蕊打工的厂子、小汽车司机和路灯管理部门都给予了她相应的赔偿，这些钱让身心俱伤的她多了份经济保障和心灵安慰。

一次疏忽，致使霍芳蕊身上多处骨折，花费不菲。更可怕的是，由于治疗不及时、不彻底，造成了胸廓畸形和肺功能障碍，稍一用力就喘不上气，再也不能干重活了。

在这种情况下，一种"无颜见江东父老"的苍凉孤独感便紧紧缠绕着她，挣脱不得。再想到丈夫在她健康时尚且暴躁无良，如今自己成了一个累赘，他又该如何嫌弃？虽然手里还有几个赔偿费，但摊上豆放那样一个不争气的丈夫，有了钱还不得更馋更懒？坐吃山空能花几天？还不如自己待在外面，把钱紧紧攥手里，等到秀儿用得着的时候拿给她。想到这些，她就生生断了回家的念头。

电话里，讲完霍芳蕊的遭遇后，江泓频频叮咛："高书记，知道怎么办了吧？"

高全功书记像表决心似的说："您就一百个放心吧，江老师！我一定把您的意思传达给乡亲们，等您载着秀秀妈回村时，我保证村民们像接待贵宾一样，保证没有一个人嚼舌头！要是出任何纰漏，您拿我是问！"

7

秋天来了，蔷薇花花期将尽，但夏梓柠看到，枝蔓上，它的绿叶更繁更密了，因此，虽有些遗憾，但她并不哀伤。她知道，即使是滴水成冰的隆冬，蔷薇所有的生机也会聚于根部，它的目标异常明确，为了明年春夏的再次绚烂。就像她、豆秀秀和所有同学一样，将青春活力凝聚于一个目标，便有了无尽的力量。

有了妈妈，也就有了幸福，秀秀的每个日子都贮满了蜜糖。夏梓柠欣慰地想，这下豆秀秀的学习和人生都该开足马力了！

然而，让夏梓柠想不到的是，在她的生活中，意外竟连连出现。

二十一 天大的秘密

1

短短的时间里，豆秀秀她小人家的人生展开了大开大合的画卷。

妻子霍芳蕊回家以后，豆放很快也回到了家里。东奔西跑地寻找妻子未果，但被女儿凭借小小的手机就"轻轻松松"找到了，他对夏梓柠母女佩服得五体投地，对生活也充满了感恩，回村后脾气柔顺了许多，像脱胎换骨一样。

在江泓的督促下，高全功书记"刷脸"为豆秀秀的爸妈都找到了工作，让他们不出村就能挣钱。豆放在城里给人干过修剪花枝的活儿，高书记就介绍他在一个村民开的花圃里工作。夏梓柠和豆秀秀到花圃看过，过目难忘。花圃里果然有蔷薇，各色蔷薇花，尤其是黑色的花朵，人见人爱，令人惊叹。霍芳蕊因为心灵手巧，豆垚师傅便聘她为彩绘师，专门为陶器的素坯刻花、施釉和彩绘，活儿不累，既挣钱，又挺有面儿。

没了后顾之忧，按说豆秀秀该全心全意学习了吧？但偏偏碰上个一言九鼎的"网红"姐姐，自从那次她当场要聘请豆秀秀做直播助手之后，又郑重地向豆秀秀发出几次邀请，在"高薪"诱惑下，豆秀秀推脱不得，竟然同意了!

这下可急坏了夏梓柠,她知道,豆秀秀之所以答应,是为了给家里挣钱,让爸妈少辛苦些,让奶奶和妈妈得到治疗。但这样的话,她的学习极可能就荒废了,更可怕的是,如果学校得知豆秀秀在"下海"捞钱,一定会开除她,因为她是破格录取的扶贫生——既然不"贫",还有什么"扶"的必要?一旦被开除,前途尽失,被人嘲笑,秀秀的心理压力该有多大?搞不好一生就毁了!然而,每当夏梓柠试图劝豆秀秀悬崖勒马时,豆秀秀总能机警地截断话头:"老夏,这个题咋做呀?给我讲讲呗!"

2

这天,秀秀回到家,老爸豆放郑重地把一个东西放在她面前。

这个东西方方的,用一个漂亮的礼盒包裹着,外面还用彩带系了一个蝴蝶结。

"老爸,这是啥?"

"打开看看!"老爸用让秀秀极为陌生的口吻说。

秀秀轻轻地解开蝴蝶结,拆开礼盒,精美的外观令她兴奋不已:"哇,计算器!"这可是她梦寐以求的东西哦!虽然同学们大多家庭条件不错,但仔细想想,全班也没几个同学用这种品牌的。

但随即,她又疑惑地问:"老爸,这……"

"你是想说,老爸咋舍得花钱给你买这么贵的东西是吧?"豆放豪情万丈地说,"从今往后,凡是我家秀秀学习用得着的东西,老爸决不会眨一下眼就给你买!"他帮秀秀把计算器的包装盒拆开,把这个精致的小家伙亲手交给女儿,又说:"多亏了江老师和高书记,既找到了你妈,又给我和你妈找到了工作。现在咱家有钱了，你就不要再想别的，好好学习才是主要任务。不管是谁，不管给咱多少钱，咱都不动心！"

豆秀秀警觉起来，她气愤地问爸爸："是不是夏梓柠给您说啥了？"

"夏……夏梓柠是谁？"

"少糊弄我，老实交代！"

豆放只得承认："对，她是告诉了我你遇到的难题，也说了她对你的担心。我觉得她说得对，咱应该听！"

"说得好听，夏梓柠就是眼红我，不想让我当网红！"

"秀秀，咱可不能冤枉人家，人家是一番好意。"豆放兴奋地告诉女儿，"我告诉你，短短的时间里，老板已经看出我在培育优质蔷薇花上的本事，已经把这个事交给我来干了。他说，只要我能培育出新品种，工资一定会大大增加，你还担心啥！"

3

看到豆秀秀打消跟"网红"姐姐搞直播的念头之后，夏梓柠无比高兴。但为了不让豆秀秀感到遗憾，夏梓柠对她说："既然苍天无眼让你出了点儿小名，浪费了也怪可惜的。这样吧，如果有媒体想宣传你们豆花蹊，我举双手双脚支持你出镜，为家乡代言！但我温馨提醒你，不能收费哦，小孩子可不能钻进钱眼里！"

豆秀秀故意恶狠狠地说："夏梓柠，你无比阴暗地掐断了我的光明前程。我这辈子都记着你啦！"

4

　　这天，妈妈到市里给人做心理咨询去了，家里只剩下夏梓柠一人。她打开电脑，想下载一些做班会PPT的资料——新班主任崇尚萧规曹随，她因为制作PPT经验丰富再获"青睐"。

　　在一个名为X&J的文件夹里，她竟然发现了一个秘密！

　　——天大的秘密！

　　毫不夸张地说，文件夹里的每份文档、每个字，都像炸雷！

　　为什么妈妈一见她打开电脑就严厉阻止？为什么老爸高大、老妈高挑，而她的海拔高度这么"含蓄"？夏梓柠倏然明白了！

　　原来，她并不是他们二位亲生的，而且她的身世和一个举世瞩目的事件有关。

5

　　紧张地上网查询之后，夏梓柠竟然查到了相关的背景信息。

　　那次举世震惊的大地震之后，当地民政厅随即发布公告，对大地震中幸存的孤儿的收养问题做出明确指示。

　　而她，便是孤儿之一。

　　X&J文件夹中的一份文件便是收养证明的扫描图片。

　　怎么可能呢？妈妈对自己那么好，自己跟妈妈那么亲？夏梓柠心里的十万个为什么在疯长。

　　文件夹里还有妈妈写的日记，内容多与她的身世有关。看着日记里的

致青春·成长书系

每一个字，夏梓柠的心几乎要跳出来……

原来，妈妈很早就投身于公益事业，其中包括前往地震灾区，为渡尽劫波的人们进行心理疏导。

看到这儿，夏梓柠心里五味杂陈。原来她和妈妈竟然真的没有血缘关系。霎时，一连串的问题充盈她的脑海，让她的脑袋一下子变得有八个大。妈妈为什么没自己生宝宝，却要收养她？是她和爸爸的感情不好？做出收养这个决定时，妈妈心里有没有过排山倒海般的挣扎？爸爸当初对收养一个孤儿的态度怎样？他和妈妈会不会因此而争吵不休？

…………

夏梓柠不由得想起她跟秀秀妈妈说过的话："我离不开我老妈，老妈也离不开我。离开了老妈我就活不下去，我妈离了我也一样。"现在想来，这话是不是有些武断和讽刺？她该怎样面对老爸老妈呢？她还有在他们面前撒娇的资格吗？

再看下去，妈妈的日记回答了她的疑问。原来，爸爸在一次执行任务中光荣负伤，无法拥有自己的亲生宝宝了。因此，收养她是他们夫妻共同的决定，也是让他们感到自豪的一个决定。

夏梓柠深吸一口气，借此平复心跳。她继续看下去……

妈妈在工作时偶然看到了她，那时她太小，还走不稳路。神奇的缘分开始于一个蔷薇花架下，花开正艳，蝴蝶正忙。妈妈第一眼就喜欢上了她，就决定要一生将她当作女儿，也正因此，妈妈才更加喜欢蔷薇花，并给她起了"蔷薇"这个乳名……

瞬间，夏梓柠泪眼模糊，思潮起伏。

她是直截了当告诉妈妈已知道自己身世的事，还是装作不知道，一切如常？妈妈知道她的身世之谜被"泄露"之后，会有什么样的反应？是伤心绝望、暴躁怒吼，还是像以往一样爱她、呵护她？还有爸爸，他们父女又该如何面对？

夏梓柠一时犹豫不决。

转念一想，原来，风风火火的妈妈竟然有这么丰富而柔软的内心世界。她虽然不是妈妈亲生的，但她得到的爱不比霍芳蕊阿姨给秀秀的少一丝一毫。这么多年来，她之所以从未感觉有什么异样，全因有妈妈博大而无微不至的爱啊！自从知道了小安安的病，她只知道郝老师不易，并因而崇拜郝老师，此刻想来，其实妈妈更不易、更值得她爱和崇拜！还有，从老爸身上，她不仅懂得了人民警察的责任，更体会到了深沉的父爱。

她眼前浮现出一幅幅温暖的画面：她每一次生病，妈妈都如天塌下来一样，一点儿都不淡定。如果爸爸在家，必然是两个人共同载她去看病。如果只有妈妈一个人，所有的重担就落在妈妈的肩上。令夏梓柠感到疑惑而温暖的是，妈妈总能第一时间发现她不舒服，似乎有特异功能……

初三开学前，妈妈提醒她和爸爸，回老家一趟吧。爸爸既意外又高兴，随后一家人开车回了奶奶家。那天，全家人都非常激动，老爸和大伯觥筹交错，两个人手拉着手，又哭又笑，像幼儿园的孩子一样。奶奶更像过年似的激动，紧紧拉着她的手，浑浊的眼睛定定地看着她，舍不得移开。她知道，主动提出回奶奶家，这对妈妈而言多么不易，毕竟放下这些年的恩怨需要莫大的勇气，堪称思想境界的一个升华。妈妈这么做，都是为了她能够轻装上阵，在初三好好学习啊！

慢慢地，夏梓柠心里平静下来，她决定，把这件事放在心里，要像平常一样对老爸老妈亲，不，要更亲！或许有一天，等自己成年，妈妈会主动说出来的，凭她对妈妈的了解，妈妈会这样做的。但最好还是不说吧，或许安放在心里更温暖。

　　善于思考的夏梓柠再回头看这个文件夹的名字——X&J，她豁然开朗，原来是爸爸妈妈姓氏的首字母啊。她忽然想到客厅电视机左上方那幅画。原来，那位画家所画的正是她和妈妈初逢的场景。这么一想，她恍然大悟，抱着小孩子的就是妈妈，那个小孩子自然就是她！而那段爬满蔷薇花的残墙，不正是她和妈妈灵魂相连的地方吗？她更理解妈妈为什么喜欢蔷薇花了。

　　那么，蔷薇花有什么含义呢？通过查阅花语，她瞬间明白了妈妈为她起"蔷薇"这个乳名的深刻用意。原来，蔷薇花不仅代表着她们母女相遇的地点，还代表着爸爸妈妈美好的爱情。蔷薇花是真善美的象征。因此，它才被一些国家或城市定为国花、市花呢。

　　夏梓柠明白，从这天起，不，从此时此刻起，她的灵魂深处，将永远流溢着蔷薇花香……

后记 一串一串的美好

1

升入初三后，夏梓柠本以为，郝老师离开了，她提议的陶艺课一定会黄，但让夏梓柠意外的是，察纳雅言的董慎之校长真的开设了这门课程，并接受夏梓柠爸爸的建议，聘请豆垚师傅定期来鹏举中学讲课或现场指导。虽然学校明确提出不让初三学生参与学陶艺，但不安分的夏梓柠根本控制不住"技痒"，作业完成之后偷偷跑到陶艺教室，醉翁之意不在酒，在于见见豆师傅，或者指点指点学弟学妹们。

2

夏天宇的案子破了，但仍然忙得焦头烂额的，一如既往把家当成了旅店。对此，夏梓柠和妈妈已经习以为常了，尤其是夏梓柠，自从了解爸爸妈妈的"绝密"后，她心里时刻充满感恩之情，一种幸运和幸福感始终温暖着她，她与父母的关系更加亲密了。她觉得，有无血缘关系不是最重要的，最重要的是亲情，是信任。

致青春·成长书系

3

　　暑假里，就在夏梓柠在豆垚师傅的陶艺坊使尽浑身解数学制陶的时候，郝老师离开了鹏举中学。一辆搬家公司的车，披着夜色载走了郝老师一家人，也带走了夏梓柠的牵挂。夏梓柠想，之所以悄悄离开，可能是善解人意的郝老师不想麻烦大家吧。但未能握着安安弟弟柔软的小手告别，夏梓柠为此还哭了一场。

　　听妈妈说，郝老师给她联系过几次，说已经安顿下来，正打算给安安申报治疗天使综合征的专项基金。只要这项费用申请下来，相信安安爸爸也会"回归"家庭，像豆秀秀家一样，郝老师一家也一定会破镜重圆的。

　　夏梓柠由衷地为郝老师和安安感到高兴！

图书在版编目（CIP）数据

蔷薇花的夏天 / 何南著. —昆明：晨光出版社，
2023.4
（"致青春·成长"书系）
ISBN 978-7-5715-1609-3

Ⅰ. ①蔷… Ⅱ. ①何… Ⅲ. ①长篇小说—中国—当代
Ⅳ. ①I247.5

中国版本图书馆CIP数据核字(2022)第130248号

蔷薇花的夏天
QIANGWEI HUA DE XIATIAN

何 南 著

出 版 人	杨旭恒			
策 划	程舟行 朱凤娟			
责任编辑	朱凤娟			
插 画	朱玉曼	排 版	云南安书文化传播有限公司
装帧设计	唐 剑 周 鑫	印 装	云南出版印刷集团有限责任公司
责任校对	杨小彤		国方分公司
责任印制	廖颖坤	经 销	各地新华书店
出版发行	云南出版集团 晨光出版社	版 次	2023年4月第1版
地 址	昆明市环城西路609号新闻出版大楼	印 次	2023年4月第1次印刷
邮 编	650034	书 号	ISBN 978-7-5715-1609-3
电 话	0871-64186745（发行部）	开 本	720mm×1010mm 1/16
	0871-64186270（发行部）	印 张	13.5
		字 数	180千
法律顾问	云南上首律师事务所 杜晓秋	定 价	38.00元

晨光图书专营店：http://cgts.tmall.com